激突

聖拳伝説３

今野　敏

朝日文庫

本書は一九八七年三月、徳間書店より『聖拳伝説』（トクマ・ノベルズ）として刊行され、二〇一〇年七月、小社より文庫化された『聖拳伝説3――荒神激突』を改題した新装版です。

激突

聖拳伝説3

〈シリーズ前作までの　あらすじ〉

探偵の松永丈太郎は、政界の黒幕である服部宗十郎の依頼を受け、片瀬直人という男を追ううちに、片瀬が超絶の武術を極めていることを知る。服部一族と片瀬は、インド発祥の超武術によって日本の皇室を守る一族に連なっていたが、服部宗十郎はその地位の独占のために、片瀬が持つ権力の象徴「葛野連（かどののむらじ）の宝剣」と、本家である「荒服部（あらはっとり）」の血脈を狙っていたのだ。

松永は、服部一族の失脚を狙う総理と内閣調査室による妨害と干渉を受けながらも、片瀬の側に回る。片瀬は荒服部の拳法で服部を打ち倒した。

服部が倒れると、今度は彼らが従えていた山岳民ワタリの長、「真津田（まつだ）」の一派が権力の座を求め、蠢動を始める。服部と同じくインドに祖先を持ち、隠密行動と自然を利用することに長けた真津田一族。その中でも強い権力志向を持つ松田速人が、爆破テロによって社会不安を煽り、続いて起こった大地震の混乱に乗じて、宝剣を奪おうとしていた。

片瀬と松永は、真津田の本流である「荒真津田（あらまつだ）」の人々とともに、松田たち「邪悪な拳法」の使い手を追いつめる。激闘の末にその企みを挫くが、直後、松田は姿を消してしまう。

1

二月九日の夕刻、朝から降り続いた冷たい雨が雪に変わった。松永丈太郎は、愛車五十三年型ニッサン・シルビアのドライバーズシートで小さく舌打ちをした。

首都圏のドライバーの多くがそうであるように、彼はタイヤチェーンを積んでいなかった。

彼は、青山通りから内堀通りへ抜けようと赤坂見附の立体交差をまっすぐ上に登った。

そこで渋滞のために車が動かなくなってしまった。

無数の赤いテールランプがひっきりなしに明滅し、車の列はのろのろと前進した。

松永は、この混雑の理由を知っていた。

永田町周辺と溜池交差点のあたりで、きびしい交通規制が敷かれているのだ。

何のための規制かということまでは知らなかった。

永田町周辺は、ものものしい警戒態勢にあったが、その理由は一切発表されなかった。

デモ行進か右翼の集会でもあるんだろう――松永はそう思っていた。

それよりも、約束の時間に遅れそうなのが気になっていた。

湿った大粒の雪は、暮れかかった空から絶え間なく降りそそぎ、早くも舗道の端を白く覆い始めていた。

シルビアのリアウインドウはすでに半分ほどふさがれてしまった。ウインドウヒーターを入れたがほとんど役に立たない。

ワイパーにも重たい雪が積もり、規則正しい動きをさまたげようとしていた。

「まいったな」

松永はつぶやいた。

彼は自家用車で出てきたことを後悔した。

ノーマルタイヤの自動車が役に立たなくなるのは時間の問題のように思われた。

車の列は、いっこうにペースを上げようとしない。

松永はどうすることもできなかった。

ただ前の車のテールランプを見つめ、時おり左足を上げてクラッチをすべらせてやるだけだった。

フロントウインドウに雪が落ちては融(と)けかかる。それを息絶えだえのワイパーがぬぐい去っていく。

彼はその様子をぼんやり眺めていた。

ふと、いつもより街中が静かなのに気づいた。

降りしきる雪が吸音材の役目をするため、そう感じるのだった。

松永は、シルビアが雪のなかにすっぽりと埋まってしまうような、奇妙な感覚を味わった。

それは、不思議となつかしい安堵感を伴っていた。

ヒーターが効いていて、車のなかはあたたかかった。

静寂とぬくもりにつつまれ、松永はしばしのあいだ、いら立ちを忘れていた。

旧赤坂プリンスホテルの脇を過ぎて百メートルほど行くと、急に車の流れが速くなった。

松永は、現実感を取りもどし、シフトアップしていった。

内堀通りへ出ると、バッテリーが上がった車が道の中央で立ち往生していた。

雪道の渋滞ではよくあることだが、おそらく、このドライバーは、そんなところを走ったことはないのだろうと松永は思った。

「ぐずぐずしてると、俺もこいつの二の舞いだ」

松永は、慎重にステアリングを操りながら、わずかにアクセルを踏み込んだ。

「待ったかい」

松永は、声をかけた。

松田春菜が顔を上げた。

そこは銀座一丁目の地下にある落ちついた喫茶店だった。

ゆったりしたルイ王朝風の調度が松田春菜によく似合っていた。

テーブルでは、キャンドルの炎が揺れており、照らし出された春菜の容貌は、松永が一瞬たじろぐほど美しかった。

「いえ、私もつい今しがた来たところです」

春菜はにこりともせずに言った。

「あんたを待たせる男なんて、おそらくこの世にいやしないだろうな」

「おっしゃるとおり、私は、男のかたに待たされたことはありませんわ」

松永は、テーブルをはさんで、彼女の正面に腰を降ろした。

続けて春菜が言った。「そして、男のかたをお待たせしたこともありません」

「おいおい。デートをしたことがないなんて言い出すんじゃないだろうな」

「いけません？」

松田春菜が冷やかな笑いを浮かべた。

松永は失笑した。

「悪かったよ。雪になるとは思わず車で出て来ちまったんだ。ひどい渋滞につかまっちまってね。遅れたことはあやまる。許してくれよ」

「いいわ」

春菜は演技をやめた。急に親しげな口調になる。

「許してあげる。ただし、条件つきよ」

「男と女は、いつだって条件つきなんだ。どんな条件だ」

「今夜、おいしいものをごちそうしてくれること。そして、もうひとつ」

「何だ。ふたつもあるのか」

「こっちのほうが大切なの」

「聞こうじゃないか」

「私の話をまじめに聞いて、相談に乗ってくれること」

「ふたつめの条件は、ちと問題だな。俺は知ってのとおり私立探偵の看板を出している。場合によっては、ギャラをいただかなきゃならなくなる」

「いいわ」

松田春菜は真顔でうなずいた。「とにかく話だけは聞いてちょうだい」

松永は、松田春菜の顔を観察していたが、やがて言った。

「まずは食事だ。そのまえに、車をどうにかしてこなくちゃならない。話はそれからでいいかな」
「まかせるわ、探偵さん」
関東の山間部では、すでに積雪が三十センチを越えていた。
関東電力株式会社では、高圧送電線の保全のために、作業員による監視を強化させた。
二名の作業員が、秩父(ちちぶ)山系の尾根を進んでいた。
ひとりはベテランの作業員で、もうひとりは、若い男だった。
彼らは白い息を吐きながら、膝(ひざ)まである雪のなかを歩き続けていた。
ベテランの作業員が立ち止まった。
彼らは、ライトのついたヘルメットをかぶっていた。
ベテラン作業員のライトが、若い男を照らし出した。
若い男は苦しげにあえぎながら顔を上げた。
ふたりは、積雪の重みで切れた送電線を修理した帰りだった。
「つらいか、新米(しんまい)」
ベテラン作業員は、歯を見せて笑いながら言った。
「死んじまったほうがましです」
情けない声が返ってきた。

「そうか。だがな、死んでもらっちゃ困るんだ」

ベテラン作業員は、若者に背を向け、再び歩き出した。「わが作業区域では、この十年、一件の事故も起こしていない。われわれは、決して事故を起こしてはならないのだ。わかるか」

若者は返事をしなかった。代わりに彼は、うめき声を上げていた。

ベテラン作業員は言った。

「もうすぐ車のところへ出る。がんばれ」

しばらくして、若者は、ベテラン作業員の腕をつかんだ。

「どうした」

「あそこを見てください」

ベテラン作業員は、若い男が指差した方向をすかし見た。

降りしきる雪のベールのむこうで何かが動いている。

獣ではなかった。

明らかに人の影だ。しかも、十人を超える人間の集団だった。その影の塊は、作業員たちのライトに驚いたように、移動を始めていた。

初老の作業員は、その影たちの速度に肝をつぶした。

ふたりは、しばらく立ち尽くしていた。

若い男が、影の集団の歩き去った方向に向かった。好奇心に駆られた行動だった。

ベテラン作業員は、制止しようとしたが、思い直し、若者のあとに続いた。

若者のヘルメットのライトは、雪の上についたおびただしい数の足跡を照らし出していた。

すでに、その集団は、雪のなかにかすんで見えなくなっていた。

足跡は、三峰（みつみね）の方角からさらに山の奥へと伸びていた。

「いったい何でしょう、今のは」

若い男が言った。

「さあな……」

「このあたりの土地の人でしょうか……」

「そうかもしれん」

とベテラン作業員は、車の駐（と）めてある方向に向かって歩き出した。

若者は、あわててそのあとを追った。

「でも、この雪のなかをあんなスピードで歩けるなんて信じられないですね」

「そうだな……」

「……何か知ってるんですか」

「いや……。ひょっとしたらと思ってな」

「何です……」

長い間を取ってから、ベテラン作業員は言った。

「おまえさんも、これからしばらくは山暮らしだろう。知っておいてもいいかもしれない」

「はあ……」

「噂には聞いたことはあるが、この眼で見たのは初めてだ」

「今の人たちのことですか……」

「ああ」

「何者なんですか」

「伝説の山の民『ワタリ』だよ。彼らは、何か非常事態に出っくわすと、ものすごいスピードで集団移動すると言われている。山の人々は、そのことをカケマクと言っているがね」

「カケマク……」

「おまえさん、運がいいぞ。山に来てひと月もたたぬうちに、幻の『ワタリの民』に出会ったんだ。しかも、そのカケマクまで見られたんだからな……」

「そんなもんですかね」

若者は、息を切らしながら言った。雪中を進むのはひどく体力を消耗する。「でも、いったい何があったんでしょうね」

「何がって……」

「だって、その『ワタリ』とかいう人たちが、あんなスピードで移動するのは、何か非常事態があったときなんでしょう」

「そうだな……」

ベテラン作業員は、立ち止まって前方をすかし見た。

すぐ前に除雪された道路が現れた。左方を照らすと、赤い旗が揺れている。ランドクルーザーを駐車してある場所の目印だった。

彼は言った。「伝説の人々のことだ。私らには、何が彼らに起こったのか、わかるはずもないよ……。さ、車だ。早いとこ帰って、風呂に入ろう」

陣内平吉は、午後四時にとどいた報告書の束を、すばやく読み進み、処理していった。

彼は、いまや、内閣情報調査室の次長の椅子にすわっていた。

彼のもとには、各省庁からの報告や情報が集まってくる。防衛庁からの情報も例外ではない。

しかし、すべての省庁が、つつみ隠さずあらゆる行動の報告をしてくるわけではない。

限られた、形式どおりの報告のなかから、何を読み取るかが、内閣情報調査室次長である陣内平吉の腕の見せどころと言えた。

中曽根内閣時代に、当時の内閣調査室の機能強化が論じられたことがあった。

それに関するレポートをまとめたのは、特命事項担当大臣、中西一郎の下に置かれた危機管理対策室のスタッフだった。

このレポートの骨子となったのは、「全省庁の情報はすべて内閣調査室を通して官邸に上げる」というものだった。

しかし、それは誇り高い大蔵省と外務省、そして軍事機密の多い防衛庁から声高な非難を浴びた。

その結果、「内閣調査室機能強化」は全面的に見直さなくてはならなかった。昭和五十九年秋のことだった。

やがて、「内閣調査室」という呼称は消え、新たに「内閣情報調査室」が生まれた。

現首相は、中曽根時代より思い切った官邸のホワイトハウス化を計画し、それを実行した。

東京大地震の際の特別措置を既成事実化し、かつての中西一郎以来の懸案を実行に移してしまったのだった。

つまり、内容はどうであれ、ともかく、各省庁からの情報がいったん内閣情報調査室に集められるようにしたのだった。

そして、現首相は、中曽根時代に総理府で姿を消した危機管理対策室を、内閣官房内の常設組織とした。

危機管理対策室の室長にすえられたのは、かつての内閣調査室室長、つまり、陣内の上司だった下条泰彦だった。下条泰彦の正式の身分は、内閣総理大臣秘書官となっている。

陣内は、陸幕からの報告書にふと眼を止めた。

彼は、二度その短い報告を読み返した。

東部方面隊第十二師団・普通科連隊の隊員が、山中で訓練中に、何者かの激しい格闘を目撃したという報告だった。

第十二師団は群馬県相馬原に駐屯している。

陸幕にとってみれば、取るに足らない情報だったに違いない。

総理府の一省庁でしかない内閣情報調査室に報告書をとどけることを、いまだにおもしろく思っていない防衛庁が、からかい半分に送ってよこした情報なのかもしれない。

しかし、陣内はその報告の奇妙さになぜか見過ごしにできないものを感じた。

彼はその書類を「未処理」の箱へ放り込んだ。

そのとき、机の左側にあるインターホンのブザーが鳴った。

そのインターホンは、下条泰彦の後任として外務省からやってきた石倉良一室長の部屋に通じている。

下条泰彦時代には、陣内と室長室の間にインターホンの必要などなかった。まるで互いの心が読めるかのように息が合っていたのだった。

「何でしょうか」

陣内は、いつもののんびりとした声でこたえた。

「何でしょうかではない。この非常時に君はいったい何をやってるんだね」

「官房へ上げる定例のレポートを作成しておりますが……」

「そんなものはどうでもいい。すぐ、私のところへ来たまえ」

陣内のデスクのそばにいる室員が、そしらぬ顔をしながらも、インターホンでのやりとりに耳をそばだてていた。

陣内はそれを充分に意識していた。彼は言った。

「お言葉ですが、この任務はたいへん重要なもので、いつ何時でもおろそかにすることはできません」

「いいから、すぐ私の部屋へ来たまえ」

陣内は立ち上がり、選別した報告書を室員のひとりに手渡し、ファイルを作成するように言った。

ここで作られる厚さ五センチにもおよぶファイルは、すぐさま内閣官房にとどけられ、翌朝一番に、各種新聞の朝刊とともに総理大臣のもとへとどけられるのだ。

陣内は、室長がおさまっている小部屋へ向かった。

ドアをノックする。彼は、室長が返事をするまえに、さっとドアを開けて部屋に足を踏み入れた。

下条室長時代からの習慣だった。

陣内ほどに周到な人間でも、長い間の習慣からはなかなか抜け出せはしないのだった。そして、石倉良一新室長は、この習慣を好ましく思ってはいなかった。

「陣内くん」

石倉良一室長は、精神的重圧にさいなまれた血の気のない顔で言った。「このとんでもない非常時に、君は自分のデスクで通常の任務を行っている」

陣内は、いつもとまったく変わらぬ眠たげな半眼で簡潔に言い返した。

「ほかにすることがありませんからね」

「することがないだと……。いいかね、陣内くん。私は君に、内閣官房の危機管理対策室との連絡係を命じたはずだ。危機管理対策室室長の下条は、かつて君の上司だった。だからその役目には君が適任だと私は考えたのだ」

「的確な判断だと思います」

「しかるにだ……。君は、危機管理対策室からの報告を私にまだ一度もしてきていない」

「危機管理対策室が何も言ってきておりませんので」

陣内は平然と言った。

「君は警察庁から出向しているんだったね。警察庁の教育がこうもおそまつだとは思わなかった。君は、むこうが何か言ってくるまえにどういう状況にあるかを問い合わせようという気にはならんのかね」

これまで内閣調査室、あるいは内閣情報調査室においては、外務省からの出向者が次長の席を独占していた。

だが、室長には滅多になることはなかったのだ。陣内は、その理由が吞み込めた。

外務省の人間は、気位が高すぎるのだ。

他省庁の人間を低く見過ぎ、そのため、してはならない判断のあやまりを犯すことになる。

機密を扱う組織の責任者としては、不適格なのだ。

この石倉良一という人物はその典型だった。

陣内はすばやくそういった一連の考えを追い出し、こたえた。

「室長は、危機管理というものをあまりご存じないようですね。危機管理当局を一番わずらわせるのは、必要のない問い合わせなのです。各所からの興味本位の問い合わせが、危機管理の命であるスムーズな連絡を乱し、ここぞというときのタイミングを狂わせるのです」

「しかし……。しかし、それでは、私たちは現在の状況を知ることはできないではないか。大幅に機能を拡大された内閣情報調査室が、蚊帳の外に置かれていいはずがない」

陣内は眠たげな半眼を、わずかにだが意外そうに見開いた。

「どうしてでしょう。現在の状況は、はっきりとしているじゃないですか。警察庁および警視庁による警戒態勢の報告はしたつもりですが」

「それがどうしたというのだね」

「状況は明らかだと申し上げたいのです。まだ何も起こってはいない。そして、私たちが行動を起こさなければならない類の情報は、まだキャッチされていない——それだけで充分ではないですか」

石倉良一室長の勢いはそがれていった。

五十五歳になるもと外務官僚は、明らかにたった三十六歳の部下に貫禄負けしているのだ。

「だがね、陣内くん」

石倉室長は、体裁のために食い下がった。

「ことがことなのだよ。内閣総理大臣を誘拐すると予告してきた者がいるんだ」

「何の知らせもないということは、総理がまだご無事だということです。それ以上の何をお望みなのですか」

石倉良一新室長は、ゆっくりと肩の力を抜いていった。彼は、椅子の背もたれに体をあずけた。

敗北を認めたのだ。

彼は声の調子を落として言った。

「確かに私はこの職に慣れていない。ここはすべて君に従うのがいいようだ。だがね、仮にも私は室長だ。君が知っていて、私が知らされていないような事実があってはならないと思うが、君はどうだね」

「私もそう思います」

「よろしい。では、教えてくれ。首相誘拐の予告をしてきた松田速人(はやと)という人間についてだ」

陣内が口を開きかけた。

石倉室長は両手を上げて、それを、いったん制した。

「通りいっぺんの報告はうけている。何でも、先の東京大地震の際に、クーデター騒ぎを起こそうとした狂人だというじゃないか。いいかね。私が知りたいのは、もっと奥にある事実だ。君と、下条前室長とがいっしょになって何を探り出したのか――私はそれが知りたい。松田速人というのは、本当は何者なのか――。首相誘拐の本当の目的は何なのか——。そう、私は本当のことが知りたいのだよ」

室長はつけ加えた。「頼むよ、陣内くん」

陣内はすばやく計算をした。

新しい内閣情報調査室の実権を握ってしまうのはたやすいことだ。しかし、その室長を味方につけるか否かは別問題だった。

責任者を敵に回すと、たとえ実務上の全権が自分にあってもつまらない問題が次から次へと発生するおそれがある。

陣内は、自分は将の器ではなく、あくまで軍師であることを認めていた。軍師には軍師の立ち回りかたがある。

「わかりました」

彼は言った。「すべてをお話ししましょう」

2

「いつもこういう手で女の人を部屋に連れ込むの」

松田春菜は、松永の部屋を眺め回しながら言った。

「しかたないだろう」

松永は、ばたばたと部屋のなかを片づけながら言った。「あのまま銀座にいたら、車を置いてこなくちゃならんはめになっていた。帰り道で立ち往生している車を何台も見たろう」

「私の質問の答えになってないわ」

松永は肩をすぼめた。

「こちらの都合だけを押しつけるようなまねはしない。相手が男でも女でもね」

彼は弱々しくつけ加えた。「ついこのあいだから、そうすることに決めたんだ」

「ところで、ごちそうはどうなるのかしら。おなかがぺこぺこだわ」

「冷蔵庫をのぞいてみる。しかる後に、この俺が魔法の腕を振るってだな……」

春菜はあきれたように笑い出した。

「エプロンをかして」

「いいよ。あんたは客だ。そこに腰かけていてくれ」

松永はダイニングテーブルの椅子を指し示した。

「そういうふうには教育されなかったのよ、残念ながら。台所は女の領分よ」

「へえ……。若いのに珍しいな……」

「さ、私が何かを作るわ。飲み物の用意をしてちょうだい」

松田春菜は、かがみこんで冷蔵庫のドアを開けた。

冷蔵庫のなかの野菜の残りやベーコンの切れ端、ハム、チーズなどが、松田春菜の手によってまたたく間にすばらしい料理に姿を変えていった。

松永は、彼女が台所を占領しているあいだに近所の酒屋まで走ってワインを買ってきた。

松永は料理にたいへん満足した。

「驚いたな。ろくな材料はなかったはずなのに、本当にうまかった。まさに魔法を使ったとしか思えないな」

「おほめにあずかり光栄だわ。今まで、よほどひどい食生活だったのね」

「いや、本当にあんたにはいつも驚かされる。拳法が強いだけかと思ったら、今度は料理だ。『荒真津田』の家には料理の秘伝も伝わっているのか」

「ばかね。これくらいのことで、いちいち『荒真津田』を持ち出さないでよ」

松永は飲み物をワインからウイスキーのオン・ザ・ロックに変えた。

「……だが、俺に聞いてもらいたいことっていうのは、その『荒真津田』に関係したことなんだろう」

「さすがもと敏腕記者ね。いい勘してる」

「誰だって見当はつくさ。いつになく強引な呼び出しだったんでね。何かあったに違いないと思った……。俺とあんたの共通の関心事はそう多くない」

松田春菜はワインを一口飲んでから、松永を見つめて言った。

「山のなかで異変が起きているの」

「異変……」

「ええ……。考えられないことだけど、ワタリ同士が戦って血を流し、あるいはワタリの大移動が繰り返されているわ。ワタリたちは、その緊急の大移動をカケマクと呼んでいるんだけど……」

「ほう……」

「そして、私は、永田町かいわいのものものしい警戒は、その山のなかの異変と関係あるのではないかと思っているの」

「なるほど……。あんたの言いたいことはわかった。松田速人がまた何かやらかそうとしていると考えているんだな」

松田春菜はうなずいた。

松永は美しく光る春菜の瞳から眼をそらし、彼女の考えを心のなかで検討してみた。

『真津田』というのはワタリのなかの一氏族だ。

松永は上古の日本には、さまざまな民族が渾然として生活していたという説を信じていた。

北方から渡ってきた狩猟民の仲間やモンゴル人、そして南方からはミクロネシアなどの島々から海洋民族がこの極東の細長い島に流れついた。

日本は、海流の吹きだまりに位置している。

南方からヤシの実が流れつくように、小舟に乗った人々が漂着したことは松永にも容易に想像できる。

また、大陸やインドを出た舟も潮に乗り、やがて日本の太平洋側に打ち上げられることになる。

朝鮮文化圏や中国王朝の支配下に入る以前の日本——縄文時代から続いた自由を謳歌(おうか)していた上古の日本には、モンゴル系の北方民族、太平洋の南方民族をベースとして、ペルシャ人、インド人、ヘブライ人、さらには地中海文明を世界へ運んだ奇跡の海洋民族フェニキア人などが住んでいた。

今日、そのことを物語る痕跡(こんせき)がいくつも発見されている。

大和(やまと)朝廷は百済(くだら)系以外の民族を奴隷化した。

さらに、唐は日本に文化的統一を強制した。つまり、藤原(ふじわら)氏による体制作りであり、以来、日本の各少数民族は彼らの文字を棄(す)てねばならず、漢字による記録のみが残されていくのだ。

大和朝廷や藤原氏——つまり百済や唐による日本の支配を嫌い、東方へ、あるいは、人の滅多に通わぬ山の奥へ逃げた人々がいた。

それらの人々は、もちろん単一民族ではない。

多くの少数民族のいわば寄せ集めだった。しかし、長い年月のうちに、彼らはひとつの文化を育てていくことになる。

すなわち、『山の民』としての共通の文化だった。

そうなると彼らはすでに異なった民族とは言えない。彼らは、かくして日本の山岳を支配する伝説の民『ワタリ』となったのだった。『ワタリ』こそが、上古の日本人の姿を守り伝えている民族だと言えるかもしれない。

真津田一族は、ワタリの民のなかでも、かなり大きな勢力を持っていた。

関東から上越にかけてのワタリを統率しているのが真津田一族の族長であることを見てもそのことは明らかだった。

真津田の本家筋だけが『荒真津田』と呼ばれており、その『荒真津田』の血を守り伝えているのは、松田啓元斎（けいげんさい）という老人だ。

こういった話を、松永は聞いたとたんにすぐ納得して信じてしまったわけではない。

しかし、疑問をさしはさんだり否定したりすることはもはやできなかった。

彼の目のまえにいる松田春菜は、『荒真津田』の長、松田啓元斎の孫娘なのだった。

「俺は『真津田』一族については、おおざっぱなことしか知らない」

松永は思索を中断すると春菜に言った。「『真津田』というのは、忍者の祖先だということだが……」

「漠然とした言いかたね。間違いじゃないけど、正確でもない」

「わかってるさ。だが、俺にはその点がいちばん興味深い」

「確かに『真津田』の力は、ワタリのなかでも一目置かれていたわ。そして、後にシノビとなっていく人々にその力が伝えられたのは間違いないわ」

「おそろしい破壊力を持つ拳法と、そして、大自然の変化を正確に読む秘術」

「そう……。そして、『真津田』に限らずワタリの民は、男の子が十三歳になったときに、一人前になるための訓練を受ける習わしになっているの。それを私たちは『身知り』と呼んでいるわ」

「ミシリ……。どんなことを訓練するんだ」

「職業と武術の訓練よ」

「ほう、武術の……。興味あるな。具体的に教えてほしいな」

「まったく……。武術のことになると眼の色が変わるんだから。確かに松永さんの空手の腕はたいしたものね。四段くらいかしら」

「三段だ。その武術の訓練の話を聞かせてくれ」

「タカツコリ、ヤミツコリ、セメノコリ、フセギノコリ、ナゲテノコリ、ウラツデノコリ、ミフセノコリ……」

松田春菜は、九九でも諳（そらん）じるような調子で言った。

「何だそれは。いったいどこの言葉だ」

「ワタリの民の言葉……。正確に言えば、上代の日本語なのかもしれないわ」

「どんな意味だ」

「走法（タカツコリ）は、軽身の術、暗行法（ヤミツコリ）は暗闇（くらやみ）のなかで行動するための技法、攻（セメ）の法（コリ）は、攻撃中心の体術、防御（フセギ）の法（コリ）は、受け技主体のいわば護身術ね。投手（ナゲテ）の法（コリ）は、手裏剣投げ、密報（ウラツデ）の法（コリ）は狼烟（のろし）などの秘密の連絡法、身伏（ミフセ）の法（コリ）というのは、身を隠したり、忍び込んだりする術のことよ」

「驚いたな……。まるで忍者の訓練じゃないか……」

「そう。シノビというのは、ワタリが何かの事情で特殊化した人々なのよ。ワタリのこうした力を戦国武将が利用したとき、ワタリの一部はシノビとして姿を変えていったんだわ」

「シノビ、つまりは乱破（らっぱ）衆……」

「そう。もともと乱破というのは、ワタリの最高権威者を言うの。ピラミッドの頂点に立つ人ね。乱破と書いて、私たちはアヤタチと読むんだけど……」

「一方で、ワタリの能力を、獣相手に生かすようになった者たちがマタギになったとも聞いたが……」

「そう考えてもらっていいかもしれない。マタギの言葉には、ワタリの言葉と共通のものが多いわ。マタギは、山をことのほかあがめていて、ことあるごとに祈りの詞を読み上げるんだけど、それは、ワタリが使っているのと同じ上古の日本語だと言われているわ」

「……で、あんたたち『真津田』一族内で反乱が起こった。本家筋である『荒真津田』に、一族のなかの松田速人を中心とする連中が歯向かった……。松田速人はワタリの実権を――ひいては、政治の世界での実権をも握ろうとした……。それが、このまえの東京大地震のときの真相だったわけだ」

「ええ……」

「その事件がもとで、あんたは総理府の職員をやめなければならなくなった」

「そう」

「だが、その代わりに、この俺と知り合うことができた」

「すごい自信ね」

春菜はかすかにほほえんだ。「でも、自信家はきらいじゃないわ」

「山のなかの異変。そして、永田町周囲の厳重な警備――あんたは、また松田速人が行動を起こしたと考えている……」

「私だけじゃなく、祖父もそう考えているわ」

「しかし、松田速人の手下たちは、ゲリラとして警察に逮捕されて、勾留中のはずだ。手足をもがれたも同然の松田速人に、いったい何ができるというんだ」

「わからないわ。でも……」

「でも、何だい。気になることが、あるのか」

「この雪よ」

「雪……」

「この雪は記録的な豪雪となるわ。そうすれば、東京の主な交通手段は、あっという間に麻痺してしまう……」

松永はけげんそうな顔でしばらく春菜の顔を見つめてから言った。

「そうか。あんたも『真津田』の能力を受け継いでいるんだ。気候の変化を読むのはお手のものというわけか」

「松田速人が何かをやろうとするとき、大雪による混乱は大きなチャンスとなるはずだわ」

「そういうことなら、俺なんかより相談を持ちかけるのにうってつけの人物がいる」

「そう。服部一族の王、片瀬直人だ。あんたたちワタリの人々は、すべて服部一族をあがめているのだろう。片瀬直人はその王だ」

「確実な話ならすぐにでも片瀬さまのところへ飛んで行ったわ」

松永はうんざりした顔で言った。

「なるほど……。俺にそれを調べてほしいというのか」

松田春菜はうなずいた。

「できれば、松田速人が動いているという確証が得られてから、片瀬さまにお知らせしたいのよ」

「あまりかかわり合いになりたくない連中だな……」

「ギャラは払うわよ。お仕事として依頼するわ」

「こっちには仕事を断わる権利がある」

松永はウイスキーを飲み干した。

松田春菜は横を向いて溜め息をついた。

その様子を見た松永は、小さくかぶりを振った。

「わかったよ」

彼は言った。「自分がこんなに女に甘いとは知らなかった。やれるところまでやって

「『荒服部』の王……」

みよう」

松田春菜が、松永の眼を見てかすかに笑った。

「そう言ってくれると思ったわ」

松永はグラスに氷とウイスキーを満たし、尋ねた。

「ところで、今夜は泊まっていくんだろうな」

春菜は落ち着きはらってこたえた。

「ほかにどうしようもないでしょう」

松永は肩をすぼめた。

「こいつは仕事の報酬をもらえるかどうかも怪しくなってきたな」

片瀬直人は、千葉県市川市のアパートから江戸川の河原に向かって散歩をしていた。日がすっかり暮れ落ちてから雪のなかを傘もささずに散策する姿は奇妙ではあるが、他人の好奇の眼を引くほどのことでもない。

事実、片瀬直人に特別な関心を寄せる通行人は皆無だった。

だが、散歩のふりをして、片瀬直人が実際にやっていることを知ったら、誰もが驚愕(きょうがく)に眼を見開くことは明らかだった。

彼は武息を行って『気』を練っていた。

中国では呼吸法を『武息』と『文息』に分けている。

意識的に呼吸の長さや深さをコントロールするのが『武息』であり、意識せずに自然に行っている呼吸が『文息』だ。

片瀬直人は、ゆっくりと歩を進めながら、息を吸うのに「九つ」まで数えた。

吸った息を腹の底へ沈めていき、へその下にある『臍下丹田』に収める。

その後に、吸ったのと同じ時間をかけて、ゆっくりと吐き出す。息はすべて吐ききった。

このとき、那覇手系の空手道にある『息吹き』のように激しく口から息を吐くようなことはしない。

あくまでも静かに、吸うときも吐くときも鼻から行うのだった。

この調息法は、時間がかかるが、修得した者にはすばらしい効果をもたらす。

呼吸器による酸素の交換率が著しく増大するので、エネルギーの燃焼効率が上昇する。

片瀬直人は、身長も高いほうではなく、どちらかといえば華奢な体つきをしている。

しかし、彼の手足は、瞬間的に爆発的な破壊力を発揮することができる。それは、普段行っているこの調息法によるところが大きかった。

しかも、ゆっくりとした規則正しい呼吸は、心身の緊張を解き、自律神経の働きを整える効果もあった。

『武息』による調息法は、片瀬直人が身につけている拳法の片方の車輪とも言えた。

彼が身につけている拳法は、拳を岩のように鍛えることはしない。

したがって、呼吸法と体のうねりを利用した独特の瞬発力が破壊力のすべてとなる。

この瞬発力のことを中国武術では『発勁』と呼んでいる。

中国武術に限らず、空手道においても——首里手系より特に那覇手系でこの独特の力を利用する技がある。

空手の高段者になると、指先を板に触れ、その状態から板を割ることが可能だ。

パンチによって板を割るためには拳と板の間にある程度の距離が必要だ。その距離の間で拳の運動エネルギーをたくわえ、その運動エネルギーを静止した板にぶつけるのだ。

しかし、『発勁』を修得している者にとって、その距離は必要ない。

自分の体のあらゆる関節の回転、あらゆる筋肉の伸び縮みが、板と拳の間の距離の代わりをするのだ。

江戸川べりに着くころには、片瀬の体はほてり、ぬれた頬がかすかに湯気を立て始めていた。

江戸川の土手は暗く、冷たい雪とあって、他に人影はなかった。

片瀬は河原に降りた。

そこで、静かに『馬歩』の姿勢を取った。空手道の『騎馬立ち』に似ている。

その姿勢で、調息を続ける。

彼はじっと眼を閉じて静止しているように見えた。

しかし、片瀬は、そのままで、体のあちらこちらに『気』を送り、そこの筋肉に、さっと力を込めて、限界まで力を引き出し、そして力を抜くという鍛練を繰り返していた。

馬歩の姿勢を保つだけでもたいへんなエネルギーを消耗する。

それに加え、片瀬は他人の眼に見えない激しい運動を続けていた。彼の顔から汗がしたたり、全身から湯気が立ち始める。

彼は、かっと眼を見開いた。

ゆっくりと手足を動かす。

しかし、実際には、ゆるやかな動きのなかに、バネじかけのように眼にも留まらぬ突きや蹴(け)りが織り混ぜられているのだ。

ゆっくりとした動きとしか見えないのに、手足から汗が飛び散るのは不思議な光景だった。

彼の動きを遠くから眺めた人間がいたとしても武術の鍛練とは決して思わなかっただろう。

片瀬が、拳などを固く鍛える『外功』を行わないのも、筋肉を必要以上に太く発達させないのも、武術を身につけていることを他人に悟らせない、という彼の拳法の特質の現れだった。

彼の手は、まさに凶器そのものではあったが、無骨な拳だこなどなく、むしろ文人のひ弱な手に見えた。

それは、抜き身の刃ではなく、鞘に収まった名刀だった。

例えば彼の五本の指は、普段は繊細に動くが、いざというときは、陶器のつぼに穴をうがつこともできるのだった。

彼は、大きく息をつき、額の汗を腕でぬぐった。

柔らかでまっすぐな髪と、長いまつげ、よく光る黒い瞳は、まだ少年の面影を彼に残している。すばらしい美少年の面影だ。

彼は眼を上げて、雪をしきりに降らせている灰色の空を見つめた。

彼は、その空に、不吉の兆しを見ているようだった。

3

内閣情報調査室新室長の石倉良一は、陣内から二冊のファイルを手渡され、熱心に読みふけっていた。

陣内は立ったまま、その様子を眺めている。

ファイルには、それぞれ「服部宗十郎(そうじゅうろう)邸火災の件」「東京大地震の件」という曖昧(あいまい)なタイトルが記されていた。

石倉良一は、二冊のファイルを読み終わると、困惑の表情で陣内を見つめた。

「これはいったい……」

「室長がお知りになりたい事実です。質問がおありでしたらどうぞ。私の知る限りにおいて口頭でご説明いたします」

「どうしてこんな重要なファイルが前室長の下条君から引き継がれなかったんだろうね」

「無用の混乱を避けるための総理の配慮があったのです。すべては、歴史の陰から姿を見せ、現代の政治・経済に大きな影響力を持っていた服部宗十郎――彼を、総理が葬ろうと計画したことから始まっているのです。下条前室長は、その計画に全面的に賛同し尽力されました」

石倉室長は、気味悪げにデスクの上に投げ出した二冊のファイルを見つめていた。

「服部宗十郎の名は私も知っている。確か、極左テロリストグループが、京都にある彼の屋敷を占拠したのだと報道されたはずだ」

「それはすべて私たちが書いたシナリオだったのです。実際に行われたのはそのファイルにあるように、私たちの手の者による服部宗十郎の抹殺作戦だったのです。総理の配慮をご理解いただけるでしょう。直接、この件にタッチした者以外は、この事実を知ることはありません」

「しかし、こうしてファイルが残っているのはなぜかね。こうした記録もすべて消し去るのが普通ではないのかね」

「ことが服部宗十郎の死ですべて終わるのでしたらそうしたでしょう。しかし、そうではありませんでした。服部宗十郎の絶大な権力を受け継ごうと動き出した人間がいます」

「松田速人……」

「そのとおりです。彼の一族はあらゆる天変地異の予兆を読み取ることができるそうです」

石倉はファイルを開きページをめくって確認してからうなずいた。

「なるほど『真津田』一族か……。それで、東京大地震を予知し、ゲリラ戦に利用したと言うんだね」

「そうです。そして、彼は今回、総理誘拐を予告してきたというわけです。松田速人によるゲリラ、およびテロ計画が継続的な性格のものと判断し、東京大地震の際に、この二冊のレポートをまとめておくことにしたわけです」

「今、私は後悔しているよ」

石倉は言った。「こんなものを読まなければよかった」

陣内は何も言わなかった。彼は、発言すべきときとその必要がないときをきわめて的確にわきまえていた。

石倉は背もたれから身を起こした。

「このレポートを読むと、松田速人とともにさらに何人かの重要人物がいるように思えるが……」

「ひとりは『荒服部』の王、片瀬直人。そして、私立探偵の松永丈太郎……」

「そう……。『荒服部』も『荒真津田』と同じく山岳民族だということだが……」

「『荒服部』と『荒真津田』については、詳しい記録を残しておりませんので、口頭での説明になりますが」

石倉は覚悟を決めるようにうなずいた。「聞こうじゃないか」

「服部という姓は、その名のとおり、機織りを専門職とした部の民から出ています。もともとの服部氏の先祖は帰化民族の秦一族です」

「秦一族……」

「中国の秦王朝を築いたのと同じ民族だと言われていますが、これは漢民族ではなく、西域の少数民族だったということです」

「ほう。服部姓をたどると秦氏へ行きつく……」

「例えば、伊賀服部の祖は伊賀平内左衛門尉家長という人物だと言われています。この人物は、かの有名な服部半蔵の十六代前の先祖にあたるのですが、秦氏の二十九代目の当主だったそうです」

「秦一族といえば、藤原氏に朝廷の要職をすべてうばわれ、失脚したようなイメージが強いがな……」

「確かに藤原氏の台頭はすさまじいものだったでしょう。藤原氏は唐の勢力をバックにしていたことは今さら言うまでもありませんね。つまり、藤原氏は漢民族の後ろ楯があったわけです。藤原氏自体が実は漢民族だったという学者も少なくありません。中国での少数民族秦氏は、日本においても漢民族に駆逐されたことになりますね。平安時代に至る朝廷内の権力闘争は、大陸の各国の民族闘争の一環だったと言ってもいいかもしれません」

「日本が単一民族国家だと言った宰相がおったが、とんでもない考え違いというわけだね……」

陣内はうなずいて先を続けた。

「朝廷での要職をうばわれた秦一族ですが、さすがに、帝ご自身がだまってはいませんでした。というのも、秦一族と朝廷とはもともと特別なつながりがあったのです。秦一族は、大陸の最新技術を身につけており、朝廷のために役立てました。機織りの部の統率はもとより、大蔵、内蔵の出納管理を行っていました。そして、さらに朝廷にとって役立ったのは、大陸系の強力無比の拳法技と謀略・諜報のための技術、そして最新の土木技術だったのです。秦氏は当時——藤原氏が唐の文化を強硬に広めるまでは、エリート中のエリートだったのです。秦氏は、土木技術や諜報技術を駆使して、朝廷に多大な利益をもたらしてきたのです。京都盆地を開拓したのも秦氏です。太秦の名が残っているのはそのためです。そして、秦氏の誘致でできあがったのが長岡京なのです。このとき、秦氏は、不思議なことに、ほぼ無償で土地を提供していることになっています」

「……いることになっている……」

「このとき桓武天皇は、秦氏に両刃の宝剣を渡し、秦氏に朝廷内での絶大な権力を約束しているのです」

「ここに書かれている『葛野連の宝剣』というのがそれかね」

「そのとおりです。藤原氏が唐文化をもって日本を支配しようとしたとき、大和朝廷は密かに秦一族の本家筋に私設精鋭部隊となるよう命じたとのことです。しかし、先ほども申しましたとおり、藤原の藤は唐——つまり漢民族支配の時代に入り、少数民族の秦氏は表立っては動けない状態に追い込まれたのです」

「秦一族の本家筋——それが後の『荒服部』というわけだな」

「そうです。本家以外の秦氏の子孫は藤原つまりは唐の支配を嫌って山深くへ逃げたと聞きます。ワタリについては、そのレポートに書かれているとおりですが、服部氏は、ワタリのなかでも一目置かれる存在でした。その本家筋が皇室と深い関わりを持っていたからだと言われています。その証明となるのが『葛野連の宝剣』なのです。ワタリなど山の民は今でもウメガイと呼ぶ両刃の短剣を重んじるそうですが、その原型がこの『葛野連の宝剣』だと言われているのです」

「社会科の教科書問題どころではないな……」

石倉良一は苦い顔のままつぶやいた。

「山に入った服部——つまり秦一族の子孫はその能力を駆使してきびしい環境のなかで生き続けます。山の民から戦国時代の乱破衆が生まれたことも、また後の世に服部半蔵が忍者の頭領となったこともうなずけるでしょう」

石倉良一は返事の代わりに、意味不明のうなり声を上げた。

「後に松の木の松田姓となる『真津田』一族も、秦氏同様、大陸系の支配を嫌い山へ逃れた民族です。彼らの祖も、はるかな昔に日本に流れついた少数民族だということです。おもしろいことに、『真津田』の本家筋も『荒服部』同様、『荒真津田』と呼ばれますが、片瀬直人によると、この一族の名は、遠い昔にその発生の地で使われていた言葉がそのまま受け継がれたということです」

「『荒服部』や『荒真津田』はいったいどこで発生したと言うのだね……」

「北インドです。荒服部——つまり秦氏は中国寄りで、そして荒真津田はペルシャ寄りで発生したのだということです。この二部族に共通するのは、いずれも超人的な能力や体術を身につけていたと言われることです。秦氏となっていく古代インドの一族は、『供養を受けるに値する者』と呼ばれていました。釈迦にヨーガや拳法を伝えたのはこの一族だったということですが、もちろん真偽のほどは確かめようがありません。『供養を受けるに値する者』はサンスクリット語で『アルハット』――後にこのことばは仏教用語となり、中国経由で日本に入ってきます。『阿羅漢』または『羅漢』がそうです。しかし、それよりはるかな昔に、それを自分たちの姓とした一族がいたのです。それが『荒服部』というわけです」

「アルハットが『荒服部』か……。それで、『荒真津田』は……」

「こちらは、それほど詳しくはわかっていないのですが、どうやら、ペルシャのゾロアスター教の影響を受けているということです」

「拝火教かね……」

「藤原時代は、同音の漢字による書き替えがよく行われました。これは中国人が好む遊びなのですが。ゾロアスター教は中国では祆教と言います。山に住んだ『真津田』は、祆ゆえに犬――つまり『いぬ』と蔑まれ、またおそれられ、犬神伝説を作っていったということです」

「……で、名の由来は」

「ゾロアスター教の光の神、アフラ・マツダ……」

「アフラ・マッダが『荒真津田』……」

ついに石倉良一は失笑した。「陣内くん。私はとてもついていけそうにない。そういう話を君たちはまじめな顔つきで議論し合ったりするわけかね」

「議論などしたことはありません。いつも、私たちはその根拠を見せつけられてきたのです」

「ほう……。例えば……」

「私はこの眼で『葛野連の宝剣』を見ています。また、実際に『荒服部』の王である片瀬直人の超絶的な拳法技を見ておりますし、松田速人が大地震を利用してゲリラ戦を挑んできたとき迎え撃ったのはほかでもない私たちなのです」

石倉良一室長は、時計を見た。

「話はだいたいわかった。このファイルは今までどおり、君が保管してくれ」

新室長はすっかり牙を抜かれてしまっていた。

下条と陣内が続けてきた戦いは、彼の政界内の常識からあまりにかけはなれていた。端的に言って、彼はどうすればいいのかわからなくなっているのだ。

陣内は自分のもくろみがうまくいったのを知った。

この非常時に、現実味に欠ける話を長々と聞かせたのはそのためだったのだ。

「私は、しばらくここで連絡を待っている」

石倉は言った。

陣内は両手を伸ばし、室長の机の上から一冊のファイルを持ち上げると踵(きびす)を返して部屋を出た。

松永は、身じろぎをしたとたん何かに触れ、驚いて目を覚ました。

彼の腕と枕(まくら)の間に、松田春菜の寝顔がうまっていた。

松永は安らぎを覚えて小さく吐息をもらした。寝顔の美しい女は宝だ。彼はしみじみとそう思った。

朝、裸身の女をとなりにして、後悔に似た苦々しさを感じないのは珍しいことだった。今、松永は幸福感を確かに味わっている。

ようやく独りきりの生活に終止符を打つ覚悟ができそうな気がした。

春菜が、うっすらと眼をあけ、まぶしそうにしばたたいた。

松永はベッドを抜け出そうとした。

春菜の手が伸びてきて、松永の腕をつかんだ。

「逃げる気」

「ばか言うな。コーヒーを入れるんだ。時計を見ろ。もう十時だ」

「だめよ……」

春菜は松永の腕に抱きついた。押しつけられた胸が豊かにはずんだ。

「どうしてだ」

「コーヒーは私が入れるの」

彼女は、するりとベッドを抜け出した。なめらかな肌が松永の脇をすべって行った。

見事な裸身だった。

そのまま彼女は優雅な身のこなしでシャワールームへと消えていった。松永は、黙ってシャワーの音を聞いていた。

シャワールームから出た彼女は、驚いたことに、すでにすっかりと身じたくを整えていた。

彼女は台所に立ち、湯をわかした。

コーヒーを飲みながら、松永は窓から空を見上げた。

「なんだ。雪はやんでるじゃないか。積雪もそれほどじゃない」

春菜は小さくかぶりを振った。

「この雪が融(と)けきるまでにまた降り出すわ」

「冬の関東は、低気圧が通過したあとは必ず高気圧が張り出す。だから、雪が何日も続くなんてことはあまりないんだぞ」

「新聞の天気図を見るといいわ。気圧配置は西高東低の冬型じゃないわ。気圧が乱れているうえに、大陸の大寒気団がドライアイスみたいに日本列島を冷やしてるわ」

「まだまだ降るってことか」

「言ったはずよ。この雪は記録的な大雪になるって。雪のにおいがするのよ」

「それじゃあ、動けるうちに動いておかなくちゃな」

彼は電話に手を伸ばした。

「さっそく調べてくれるというわけ？」

「思い立ったときに動かないと気が変わっちまうおそれがある」

「じゃあ、お仕事のじゃまにならないように、私は退散するわ」

「ちょっと待てよ。もう帰っちまうのか。もっとゆっくりしていけばいい」

「ゆっくりね……。どのくらい？」

「ずっと……というのはどうだ」

春菜はほほえんでから立ち上がった。コートに腕を通してから言う。

「気が変わりやすいんでしょ」

「ことと次第によるんだ」

「考えておくわ」

彼女は出口へ向かった。

「送って行こう」

松永は立ち上がろうとした。

「だめ。お仕事」

春菜はドアのまえで一度振り返った。「それに、送られるのは好きじゃないの」

彼女は軽やかにドアの外に消えて行った。

松永は、国会記者クラブに何度か電話をして、石田（いしだ）という名の新聞記者をつかまえようとしていた。

松永は、かつて大手新聞社につとめていたことがある。彼は社会部の記者で、いわゆるサツ回りだった。警視庁の記者クラブ詰めだ。

ある国会議員のからむ事件の扱いについて、不正に平気で眼をつむろうとする上司にひどく失望し、社を去らざるを得なくなったのだ。

彼が新聞社に辞表を叩（たた）きつけることになった背景には、婚約者の失踪という問題もあった。いざこざが、彼の婚約者にまで飛び火し、彼女は雇われた暴力団の一味に暴行を受けたのだった。彼女は、松永のまえから永遠に姿を消してしまった。

松永はそのときのできごとをずっと心のなかでくすぶらせるように抱きながら、一匹狼（おおかみ）で生きてきた。

危険な生きざまだった。

いちおう私立探偵ということにはなっているが、手がける仕事は司法機関が介入すると面倒なことになる話がほとんどだった。

いきおい暴力沙汰も多くなる。松永は、体のいい『喧嘩屋』だったのだ。

空手三段の腕が役に立った。

そして、彼は鍛練を続けていた。もともと武道談義を始めると止まらないタイプだった。大学時代には空手部で主将をつとめたこともあった。

彼がすさんだ生活を続けながらも、落ちるところまで落ちなかったのは、そうした硬派の気質を持ち合わせていたからだった。

石田というのは、新聞社に同期で入社した男だった。松永は、私立探偵となってからも、何かを調べようとするとき、必ずといっていいほど彼を呼び出していた。新聞社は情報の宝庫だ。そして、情報の多くは使われることなくただデータバンクのなかで眠っているのだ。それを利用してやらない手はない、と松永は考えていた。

昼過ぎてようやく石田はつかまった。

松永は受話器に向かって言った。

「忙しいか」

「似たようなもんさ、いつだって」

「会期中はたいへんなんじゃないのか」

「そうでもない。むしろ、おれたちゃ本会議場以外のほうが忙しいのさ。何だい」

「ちょっと会って話をしたいんだが」

石田はしばらく間を置いてから言った。

「二時過ぎには、ちょっと抜けられると思う。例のところでどうだ」

「赤坂キャピトル・ホテルのオリガミだな。じゃ、二時に待っている」


松永は三十分待たされた。

「きょうは何をごちそうしてくれるのかな」

石田が席につくなり言った。

「好きなものを食えばいいさ」

石田はフィレ・ステーキを注文した。

松永は三杯目のコーヒーをたのんだ。

「話というのは何だ」

石田が松永に尋ねた。

「永田町周辺のあの警戒はいったい何ごとなんだ」

「今国会に提出されている『国家機密保持法』に反対するデモ隊や、過激派のゲリラを警戒している――記者クラブにはそういう説明があったよ」

「ばかな話だ。おまえたちはそれを鵜呑みにして記事にする。国民は大新聞の権威の名のもとにそれをまた鵜呑みにするわけだ。システムが複雑になっただけで、大新聞の機能は戦中と何ら変わっちゃいない。つまり、大本営発表を国民に知らしめる役目しか果たしちゃいないんだ」

「そうさ」

石田は言った。「出るくいは打たれる。新聞社も資本があって成り立っているんだ。国家権力は何でもできる。今の骨抜きのテレビ、ラジオ、新聞など自由に操れるんだ。そのため、資本の合理化と称して、テレビ、ラジオを新聞社の系列下に置いた。これは、報道管制以外の何ものでもない。しかし、そのことに反対したジャーナリストの声など聞こえないも同然だった。そして、記者クラブによって統一された記事だけが流される。テレビや週刊誌が振りかざす『報道の自由』ってのは、芸能人に向けられてるんだ。今や『報道の自由』を叫ぶ輩は、ジャーナリズムを学んだことなどない芸能レポーターだけだ」

松永はしばし黙っていた。石田の口調は実に淡々としていた。それだけに、彼の怒りの深さ激しさを感じた。

松永は言った。

「悪かった。おまえはその新聞社で働かなくてはならないのだからな……。気楽な立場の俺がおまえに対して言うべきことじゃなかった」

「かまわんさ。本当のことだ。今のマスコミは、何もできない。何も本当の役割を果たし切れない。例えば今、政府で自衛隊の海外派遣を認め、徴兵制を敷くことが本気で論じられているとする。もちろん、国会の本会議場や、大臣の閣議などには上らない水面下の話だ。それを知っていても、新聞に載ることはない。社のゴミ箱をあされば、そんな記事が見つかる可能性はあるがね……。テレビはあいかわらず芸能人が離れたのくっついたのばかり追いかけ、週刊誌はのぞき写真に報道の自由を主張している。ジャーナリズムなどこの日本にはないんだよ」

松永は暗い面持ちで石田の話を聞いていた。

石田は溜め息をついた。

「くだらん話さ……」

彼は言った。「こんな話は釈迦に説法だった。おまえは、だからこそ社を辞めたんだった。俺にはその根性もない」

「負け犬は俺のほうさ。そうやって腹を立ててまくしたてるだけ、まだ見込みがある。いずれ、おまえたちが社の屋台骨をしょうわけだからな」

「さっきの話だ。あくまでも噂だが、首相に何かあったのではないかと言われている」

「首相に……。本会議に出席していないのか」

「ばかな……。それじゃ実質的に国会の意味を成さん。ちゃんと出席してるさ。今のところはな」

「いったい何があるんだろう」

「さあな……。ただ、おかしな動きがあるのは確かだ。与党は衆議院の会期延長で、『国家機密保持法』の通過をもくろんでいたようだが、急遽、会期延長の動きを取りやめた」

松永は、ひげのそりあとをこすりながら石田をじっと見つめていた。

「それにだ」

石田は言った。「新しくできた危機管理対策室というのを知っているか」

「新聞に出ていたな。名前だけは知っている」

「その室長は、前内閣調査室長の下条泰彦という男なんだが……」

「なに……」

松永は眼を光らせた。

「知っているのか」

「ちょっとな。……で」

「うん。この間、その下条がしきりに警察庁や警視庁の人間を集めて動き回っているらしい」

「その危機管理対策室というのはどんな組織なんだ」

「東京大地震のとき、当時の内閣調査室が、関係省庁に対して指示を発する権限を持った。これは暫定的な措置だったが、総理は、それを定例化しようとした。それで、官房内に下条を呼んだというわけだ」

「なるほどね……」

料理が来て、話が一時中断した。

勢いよくステーキを食べ始めた石田が、ふと手を止めて松永を見た。

「何をつかんでるんだ」

「別に何も……」

石田は肉片を口に放り込んだ。頬張りながら言う。

「そうだったな」

「以前、おまえとの話で服部宗十郎の名前が出た。場所も同じこのレストランだ」

「その直後、服部宗十郎は死んだ。おまえは、そのときも何かを知っていたはずだ」

松永は何も言わなかった。

「どうなんだ。俺はいつも昼メシだけで利用されてるわけだ」

「その昼メシだって安かないぜ」

「だが、おまえがつかんでいるネタから見ればどうってことはないだろう」

石田は松永を鋭く見すえた。「教えてくれ。何をつかんだ」

松永は肩をすぼめた。

「まだはっきり言える段階じゃない」

「記者発表みたいな言い方はよせよ。いったい何が起ころうとしているんだ」

「わかった。今までの恩もあるし、おまえには教えておいてもいいだろう。ただし、ここじゃまずい」

石田はうなずいた。

「社の車を待たせてある。そのなかで聞こう」

彼は、記者の特技のひとつである早メシを披露して席を立った。

4

新聞社の旗をかかげた黒塗りの車が、赤坂キャピトル・ホテルの裏口そばに駐まっていた。

運転手がなかで週刊誌を読んでいる。

石田は運転手に千円札を何枚か渡した。

「煙草でも買ってくれ」

初老の運転手はそれだけですべてを諒解して時間つぶしに外へ出た。

石田と松永は後部座席に並んで腰かけた。

石田はすべての窓が閉まっているのをいちおう確認した。

「さ、話してもらおうか」

石田は言った。松永はうなずいた。

「服部宗十郎が持っていた絶大な権力。それを受け継ごうとしているやつがいるのさ」

「服部宗十郎のふたりの息子は彼といっしょに死んだ。彼の身内というと……。そうか、もと蔵相の水島太一の奥方——水島夕子が服部宗十郎の娘だったな……。すると、服部宗十郎の跡目を継ごうというのは、水島太一あたりか」

「はずれだ。今の水島太一にそんな力はない」

「もともと服部宗十郎の力を後ろ楯に、蔵相まで登りつめた男だからな。服部宗十郎がいなくなった今はみじめなもんだ……。すると他にいるわけか。いったい誰なんだ」

「政財界の人間じゃない」

「もったいぶるなよ」

「もったいぶっているわけじゃない。その男の名は、松田速人。名前を言っても知らんだろう」

「知らんな」

「東京大地震の際に起きたゲリラ事件を覚えてるな」

「当然だ」

「あのゲリラの首謀者が松田速人だ」

「ゲリラ関係の報道で、そんな名は一度も聞かれなかったはずだが……」

「警察はその名を発表しなかった」

「どうしてだ」

「法務大臣の鳴神兵衛(なるかみひょうえ)が、あのゲリラ事件の直後、死亡したな」

「関係あるのか……」

「ゲリラの首謀者と鳴神兵衛は組んでいたんだ」

「何だって……」

「鳴神は大胆な警備・保安機構の改革のため、ゲリラ事件を利用しようとした。一方、ゲリラの首謀者は鳴神を利用して、亡き服部宗十郎の後釜(あとがま)にすわろうと考えていた」

「そうか……。内閣情報調査室の誕生や、官房内の組織改正は、それと関係していたんだな……」

「警察——つまり政府が松田速人の名を出さなかった理由もわかるだろう。松田速人の名を発表すれば、誰が鳴神兵衛とのつながりをさぐり出すかわかったもんじゃない」

「くそっ」

石田は心底口惜しげに言った。「新聞記者だぜ、俺たちは。なのに、素人のおまえのほうが、よっぽどよく知っている」

「俺は素人じゃない。これでも私立探偵なんでね」

「それにしても、おまえには議事堂へ出入りするためのバッジも、プレスと書かれた腕章もない」

「そんなもんにたよってるから、逆に本当のことが見えなくなっちまうんだ」

「どうやらそのようだ。しかし、その松田速人だが……」

「うん」

「どうして服部宗十郎の権力を受け継ごうなどと考えたんだろう」

「服部宗十郎の権力の秘密を知っていたからさ」

「知っているのか、おまえも……」

「大筋のところはね」

石田は身を乗り出した。

「誰も知らなかったことだ。服部宗十郎は、大物右翼のように戦争を機にのし上がってきたわけじゃない。彼の権力の基盤は財力でもなければ、宗教団体のような組織力でもなかった。われわれジャーナリストの間でも、まったくの謎だったんだ」

「それは以前おまえから聞いた。その後いろいろあってね」

「聞かせてくれるだろうな」

「かまわんさ。だが、おまえが記事にしようとしたって、握りつぶされるのがオチだぜ」

「そんなにヤバイ話なのか……」

「政府としては神経質になるだろうな」

「どんな話だ」

「服部宗十郎の権力を支えていたのは、山の民『ワタリ』とその子孫たちだ」

「ワタリ……」

「聞いたことくらいはあるだろう」

「ああ……。だが、戦争のたびに国が戸籍を整備し、そのたびにワタリの数は激減していったということだが……」

「そう。だが、ごくわずかながら、その自由を尊ぶ誇り高い人々は山の間で生き続けている。そして、里に降りて一般社会に融け込んだワタリの子孫たちは、今でも独特の相互援助組織を作っているという」

「講のようなものか……」

「初めはそうだった。そして、一般社会に融け込んだワタリの子孫の家に、冠婚葬祭などがあると、必ずワタリによってかなりの額の金がとどけられるのだという。そして、そうした家庭に子供が生まれた場合、その子はやはりワタリの子として育てられる。その講のようなものは、子供の奨学金も出すのだということだ」

「ほう……。独特の共同体だな……」

「その講というか無尽のようなものは、次第に大きくなり、今では相互銀行になったり、大がかりな奨学金制度のひとつとなったりしているらしい。何でも、スイス銀行にも相当な額の預金があるということだ」

「さぞかし、たいへんな財力だろうな……」

「そして、その奨学金によって育てられた子供は、ワタリの民の期待を背負っているわけだからいいかげんな勉強はできない。いきおい、彼らは社会のなかのかなり高い地位まで登りつめていくという。そういった人々が、いざというとき、山のなかのワタリからのお声がかりでいっせいに動くこともあるというわけだ」

「今度は人脈か……」

「事実、前法相の鳴神兵衛はワタリの子孫だったということだ」

「それで、服部宗十郎だが……」

「服部の家も、もともとワタリの民で、しかも、最も尊ばれている家柄だったらしい」

「なるほど……。服部宗十郎の絶大な権力の秘密は、幻の山の民、ワタリだったということか……。それを知っていた、その松田速人というのも……」

「そう。ワタリの民だ。松田というのは、ワタリのなかでは、服部に次ぐ家柄だということだ」

石田はしばらく考え込んでから、うなるように言った。

「松永……。おまえ、どうしてそんなことを知ってるんだ……」

「そいつは言えない。だが、おまえもこの話の扱いについては気をつけろ。俺はこの件で友だちをひとり亡くしてるんでな」

「ほう……」

「知ってるだろう。カメラマンの佐田だよ」

「あいつが……」

「やつは、東京大地震のときに、松田速人の手下たちをフィルムに収めちまったのさ」

石田は松永を無言で見つめた。彼の顔はわずかに蒼ざめた。初めて話に真実味を覚えたのだった。

松永は石田と別れて赤坂キャピトル・ホテルの裏手から、地下鉄千代田線の国会議事堂前駅の入口まで足早に歩いた。

水気をたっぷりとたくわえた雪が靴を濡らし、足を取ろうとする。

彼はすっかり閉口して、地下鉄駅の入口に逃げ込もうとした。

ふと眼を上げると、松永は立ち止まり、しばらく、道の先を見つめていた。

やがて彼は、地下鉄駅の入口には入らず、そのまえを通り過ぎてまっすぐに歩き出した。

左手はよごれた塀と壁が続いている。

その道をまっすぐに行けば、外堀通りに出る。外堀通りにつきあたったところで眼を上げると、日商岩井の本社ビルが見える。

外堀通りを左手に折れるとすぐに溜池の交差点だ。

交差点の手前には、東芝ＥＭＩのビルがあった。

松永は、外堀通りに出るほんの十メートルほど手前で立ち止まった。

そこで、道はふたつに分かれている。

一方は、日商岩井の正面に出る道、そして一方は、東芝ＥＭＩの裏口に面している道だ。その小さな交差点に、見すぼらしいビルが立っている。

古いレンガ造りの三階建てで、壁はひどくよごれており、ツタの枯れた茎が好き放題に這(は)い廻(まわ)っている。

ガラスというガラスは割れ、何年も人が手を触れた様子はない。

場所がちょうど永田町と赤坂の境界線ぎりぎりのところで、辛うじて永田町に入っている。

永田町も赤坂も超一等地であり、そんな土地に、荒れ果てたビルがあることを、初めて見る人は不思議がり、不気味にさえ思うのが常だった。

やがて、そういう人間が、今にも崩れ落ちそうな不潔きわまりないこのビルの正体を知ると、まず例外なく腹を立て、政府の悪口を言い始めるのだ。

その建物と土地は政府の所有物で、かつては「電子技術総合研究所」という看板が掲げられていたのだった。

今、その黒っぽくくすんだビルも、白い雪に囲まれていた。

松永は、その建物を眺めていた。

ガラスの割れた窓から、なかをうかがおうとしていると、どこからともなく制服警官が現れ、松永に近づきつつあった。

松永は、電子技術総合研究所跡をはなれた。そのまま、その脇の坂を登り、最初の角を右へ折れた。

左手は土手になっており、その上には、首相官邸のコンクリート塀が立っている。

右手には、本社とは別棟になっている、東芝ＥＭＩレコーディングスタジオが見えてきた。

正面玄関の前はピロティー式になっており、そこが駐車場になっていた。

制服警官は、しばらく松永のあとについて来たが、やがて、今、彼が曲がってきた角のところまで戻って、トランシーバーに向かって何ごとか言った。

松永は、東芝ＥＭＩスタジオの脇を通り過ぎながら、記者時代に交された冗談話を思い出していた。

このスタジオの三階にある会議室からは、首相官邸が丸見えで、そこからなら、多少腕の悪い殺し屋でも狙撃(そげき)が可能だと言うのだ。

しかし、首相の執務室や、閣議室などは、防音・防弾ガラスで守られている。実際には、狙撃が成功する可能性はきわめて小さい。それを心得ていながらの冗談だったのだ。

またひとり別の制服警官が現れて、松永とすれちがった。その瞬間に、制服の下の鋭い眼が松永を一瞥(いちべつ)した。

松永はそれに気づいた。

このあたりは、普段でも、巡回の警官がいるが、その日はことさらに警備がきびしかった。

永田町一帯の交通規制と関係あることは間違いなかった。

シャーベットのような雪を踏み続けていた足がすっかり冷たくなった。彼は、警官に尋問を受けるようなことになるまえに引き揚げることにした。

彼は、そのまま、まっすぐ進み、つき当たった道を右に折れた。その道は、東芝ＥＭＩ本社ビルの裏口に面した道だった。

大きく一周する形で再び、電子技術総合研究所跡のところへ出た。

松永は、顔を上げずにまっすぐ地下鉄千代田線の国会議事堂前駅へ向かった。

彼は、もうひとつの記者時代の噂話を思い出していた。それは、新聞記者なら誰でも知っていながら、なおかつ真偽のほどはまったく明らかでないという不思議な噂話だった。

首相官邸の地下室から、緊急時の抜け道が伸びており、その地下トンネルの出口が、この崩れかけた廃ビル――電子技術総合研究所跡にあるという話だ。

「首相に何かあったって……」

松永はつぶやいた。松田速人がからんでいることは疑いようもないことだと松永は思った。

四谷の大学キャンパスにも、うっすらと雪が積もっていた。

学生たちがメインストリートの端や、学舎の角で、白い息を吐きながら立ち話をしている。

片瀬直人は水島静香と肩を並べてゆっくりとキャンパスのなかを歩いていた。

ふたりの装いは、どちらかといえばおとなしい地味なものだった。

片瀬は、シェットランド・セーターの首から白いボタンダウンのワイシャツをのぞかせ、チャコールグレーのズボンを身につけている。その上に、濃紺のピーコートをはおっていた。

水島静香は、キャメルカラーのオーバーコートに身を包んでいる。襟元には、真白なアンゴラのマフラーが巻かれていた。長いストレートヘアーを、そのまま背に垂らしている。

それでもこのふたりは、人眼を引いた。

水島静香の際立った清楚な美しさに、男女を問わず多くの人が賞讃の眼差しを送るのだった。

そして、彼女のとなりを歩く片瀬に気づき、人々は、また驚くことになるのだ。

片瀬直人の彫りの深い端整な顔立ちは、いかにも静香のパートナーとしてふさわしいものだった。片瀬直人は、たくましい男性というよりも少年の美しさをもっており、さらに言えば、それは、女性的な美貌だった。

このふたりが人眼を引くのにはもうひとつ理由があった。

このカップルは、ひどくミステリアスなムードを持っていたのだ。彼らは同時に休学し、そしてまた、同時に復学した。したがって、同期に入学した学生よりも一年遅れることになった。

学友たちは、その理由をまったく知らなかった。かつての級友や、新しい――本来ならば一学年下の――級友たちは、このふたりに関して、考えられる限りの噂を囁き合った。

さらに、水島静香の父親を見舞った劇的な立場の変化が、噂話に拍車をかけていた。

静香の父は、もと大蔵大臣の水島太一だった。

彼は、突然の失脚で世間を驚かせた。その後しばらく、静香が失踪していたことは、一部のマスコミによって報じられ、人々に知れわたっていた。

復学したとき、親しい人たちは大騒ぎし、静香にあれこれと質問を浴びせたが、静香は、決して何があったかを語ろうとしなかった。

静香は、服部宗十郎の孫娘に当たる。

服部宗十郎は、服部一族のいわば本家筋である『荒服部』の王、片瀬直人を監視する必要を強く感じていた。そのスパイとして送り込まれたのが静香だった。やがて荒服部と服部宗十郎の戦いのなかで、彼女は片瀬との愛を確認するという皮肉な結果となった。

宗十郎との戦いの後、片瀬はインドへ静香とともに旅立ったのだった。

インドのリシケーシュの山岳地帯に、今も、『アルハット』一族の血を伝えている老修行僧がいる。

片瀬直人は、自分と同じルーツを持つこのバクワン・タゴールという師のもとで、水島静香と幸福な日々を送っていたのだった。

片瀬と静香はカフェテリアへ入った。

あたたかい飲み物をまえにし、静香はぽつりと言った。

「もうもとのようには、なれないのかしら……」

片瀬は、柔らかい眼差しで彼女を見た。

彼女は続けた。

「少なくとも、大学のキャンパスには友だちがいっぱいいたわ。何の屈託もなく話し、笑い合える友だちが……。でも、今は、いつも誰かに好奇の眼で見られ、噂されているような気がする。かつての友だちともあまり会えなくなってしまったわ」

事実、そうしてカフェテリアのすみに腰かけていても、必ず何人かが振り返って彼らを見、何ごとか囁き合っているのだった。

「だいじょうぶ……」

片瀬は言った。「僕らはここへもどってきて間もないんだ。みんなが興味本位の眼で見るのはしかたのないことだ。こんなことは、いつまでも続きはしない」

「そうだといいけど……。何だか安らぎの場所がなくなってしまったみたいな気がして……」

「昔よりはいいはずだ。少なくとも、服部のスパイとして僕に近づいてきた、あのころに比べれば……。君は自由だ」

「そうかしら」

片瀬は静香の態度が気になり始めた。彼は、彼女の次の言葉を待った。

「私は、一生自由になれないのかもしれないわ。服部の血が、私を縛り続けるのよ」

「君を縛っているのは、服部の血なんかじゃない。君自身なんだ。落ち着いて考えなくちゃだめだ」

「じゃあ、あなたは片瀬家へもどれる？」

「何を言い出すんだ。関係ない話じゃないか」

「関係なくはないわ。服部の血の話よ。ご両親を亡くして養護施設にいたあなたを、引き取ってくれ、育ててくれたのが奈良の片瀬家の人たちでしょう。どうして、あなたは、恩のある片瀬の家を出てしまったの。荒服部の血の呪縛じゃないの。荒服部、そして服部は戦いを運命づけられた呪いの血筋なのよ。片瀬家の人々にまでわざわいがおよぶのを、あなたは恐れたのでしょう」

片瀬の眼差しのやさしさは変わらなかった。深いやさしさだった。

「家で何かあったのか」

「何もないわ……」

「お父さんは、元気なのかい」

「元気よ。一時期よりずっと元気になって、党のほうにもよく顔を出すようになったわ。

いつまでも途方にくれているタイプじゃないもの……」

「じゃあ、お母さんは……」

「元気よ。ただ……」

「ただ……何だい」

「いえ……何でもないわ……」

「いいかい」

片瀬はわずかに身を乗り出した。「僕は、君が水島の家に帰り、復学するように言った。家庭の生活や、大学での友だちとのつきあいが君には必要だと思ったからだ。これまで、服部と荒服部の戦いに巻き込まれ、失ってしまった生活を取りもどすべきだと思ったんだ。それは簡単にできることではないかもしれない。しかし、やってみるべきなんだ。安らぎの場所がないと嘆いているだけじゃだめだ。ないのだったら作るくらいの気持ちが必要なんだ」

静香はしばらく下を向いたまま黙っていた。

やがて彼女は顔を上げた。

「そうね。あなたの言うとおりだわ」

片瀬は、ふと、言葉とは裏腹のかすかな反発を感じた。

彼女は確かにいら立っていた。

しかし、何に対していら立っているのか、片瀬にはわからない。

だから、彼には今の彼女をどうしてやることもできなかった。

ただ、彼女の口振りから、彼女の母、水島夕子が原因のひとつとなっていることは明らかだった。

服部宗十郎の末娘、水島夕子――荒服部と服部の戦いは、宗十郎の死で決着がついたと片瀬は考えていた。

しかし、その血統が続く限り、戦いに終わりはないのだろうか――片瀬は、ほんの一瞬だが、そんなことを思った。

「そろそろ行きましょう」

静香が席を立った。

片瀬はその様子を黙って眺めていた。

5

首相官邸の中央階段を二階へ登ると、その左手に見えるのが執務室のドアだ。

首相執務室は二十畳ほどの広さで、一般の人々が思っているよりずっと質素だ。大企業の社長室でここより広く豪華な部屋をいくらでも見つけることができる。

部屋の中央に応接セット、そしてすみには姿見と洗面所がある。

机の後方には日の丸の旗が掲げてある。

執務机は木製でたいへん古い印象を与える。そこには三台の電話が並んでいた。官邸の内線電話、通常回線の電話、そして、外務省を経由する外交ホットラインの三台だ。

さらに、そのほかに押しボタンがあり、それを押すと、となりの首相秘書官室のブザーが鳴ることになっていた。

首相は、執務机の椅子を九十度回し、防弾ガラスの窓越しに、降り始めた雪を眺めていた。

やがて彼は、決意したように正面に向き直ると、机のボタンを押した。

すぐに秘書官室に通じるドアが開き、秘書官のひとりが顔を出した。

首相は言った。

「下条くんを呼んでくれ」

最初に顔を出した秘書官と入れ違いで、下条泰彦首相秘書官が執務室に姿を現した。

やせ型の体を、紺のスリーピースにつつんでいる。四十歳になるが、節制のため比較的若く見える。

丁寧に刈りそろえられた短めの髪や、細い銀のフレームの眼鏡はいくらか神経質な雰囲気をただよわせている。

しかし、何よりも特徴的なのは、銀のフレームの奥にある鋭い眼だった。

「お呼びでしょうか」

「うん……」

首相はうなずいて、ゆっくりと体を椅子の背もたれにあずけた。「昨夜はよく眠れなかった」

「お察しいたします」

長い沈黙があった。

下条は、辛抱強く言葉を待った。相手が首相であろうと気圧されるような男ではなかった。

首相は言った。

「また降り出したね」

「は……」

「積もるかね……」

「気象庁によりますと、今夜中に都内でも二十センチの積雪が予想されるとのことです」

「松田速人はこの雪を計画の一部に組み込んでいたわけだ」

「まちがいありません」

首相はまた短い間を取った。小さな溜め息をつく。

「おそろしい男だ」

「はい……」

「下条くん。よろしくたのむよ」

この短い一言が、下条をみるみる緊張させた。

彼は深々と一礼した。「心得ました」

「それだけだ。もういい」

下条は顔を上げると言った。

「おそれいります、総理。情報調査室の陣内平吉を、ここへ呼ぶことを許可願いたいのですが……」

首相は、下条を見すえた。

「話すのか」

「陣内だけには……」

首相はうなずいた。

「いいだろう。呼びたまえ。私が話そう」

陣内の机の電話が鳴った。

受話器を取った陣内平吉は、一言だけ言った。

「すぐにうかがいます」

彼は、室員に行き先も告げずに総理府を飛び出した。

首相官邸の正面まで彼は一休みもせずに駆け抜けた。

階段を登ると、まず、ＳＰがさっと彼を一瞥（いちべつ）した。

ＳＰは中央階段の脇と、執務室のドア正面にひとりずつ立っている。

執務室のまえには、首相番の各新聞社そして通信社、放送局の記者たちが所在なげにたむろしていた。

若い記者は立っていたが、比較的年かさの記者たちはそこにある暖房器に腰かけていた。

彼らは陣内を見つけると、おそるおそる近づき、さりげない口調で質問した。

「次長。総理のお呼び出しですか」

「ああ」

陣内は歩きながら答える。

「どんなご用件で」

「知らんよ。来いと言われただけだ」

彼は、わずかにほほえんだ。「よく働くんで、室長にしてくれるのかもしれない。もっとも、僕はまっぴらだがね」

記者たちは笑った。

陣内は、ノックをして、ドアを開け、さっと戸口をくぐった。

十五分後、陣内は再び記者たちのまえに姿を現した。

滅多に表情を変えることのない陣内の顔が、わずかに蒼ざめていた。

「どんなお話でした」

記者のひとりが声をかけた。

しかし、陣内は一言もこたえず、階段を下った。


「ひどい雪になったな」

松永はグラスのなかの氷を鳴らしながら言った。

「言ったとおりでしょ」

松田春菜はジンライムをまえにしてこたえた。

ふたりは、松永がかつてよく通った六本木のスタンドバーにいた。カウンターが店の大部分を占めているが、雪のせいで客が少なく、彼らは、数少ないボックス席のひとつを占領できた。

適度なボリュームでBGMが鳴っていて、ふたりの話を他人に聞かれる心配はなかった。

「あんたの言ったことはどうやら正しいようだ」

松永が言った。

春菜は、よく光る眼にわずかな緊張の色を見せた。

「知り合いの記者の言うことじゃ、首相に何かあったんじゃないかという噂があるらしい。近くに行くついでがあったんで、俺は、ふと思い立って首相官邸のそばまで行ってみた。ただ、どんな様子かちょっと見物していこう――そんなつもりだったんだが……」

「何かあったの……」

「すぐに警官が近づいてきた。職務質問はまぬがれたがね、その後ずっと俺から眼を離さなかった。普段でも警戒は厳重なところだが、あれほどぴりぴりしているのは異常だ。確かに何かある――ぴんときたね」

「でも、それだけじゃ何の確証にもならないわね」

「こいつもほとんど思いつきなんだが、俺は、かつての経済部の同僚に電話をかけてみた。そいつが言うには、今、大蔵省でちょっとした問題が持ち上がっているらしい」

「大蔵省……」

「ああ……東京を中心とする関東一円の、いくつかの相互銀行で巨額な金の流出があったそうだ」

松田春菜は眉をひそめた。

松永はうなずいた。

「これまで株の相場は、機関投資家が売買に介入する、いわゆる大型ディーリング相場というやつで、大幅な変動がやわらげられていたそうだ。だが、金融筋によるともうその時代は終わりに来ているらしい。そうなると、例えばニューヨーク市場の動きが日本にそのまま反映することになるということだ」

「アメリカの大不況の影響をまともに受けるということ……」

「一九二九年のウォール街。あの大暴落の二の舞いもありうるという見方もあるそうだ。ひとたび大恐慌が起これば、株どころか、金そのものの価値もなくなる。今、日本の経済は、この大恐慌の直前によく似ていると言う専門家も多い。大蔵省では、今回の相互銀行での金の流出は、それに向けての防護策の始まりではないかという見方もしているそうだ。相互銀行などの大口預金者は、その性格からいって一般都市銀行よりも、そういうことには敏感なはずだからね」

「でも……」

春菜は言った。「実際はそんなことじゃないわ。そうでしょ」

「そうだ。この金の動きの後ろにも松田速人がいるはずだ。山での戦い、そして巨額の金の移動――松田速人は着々と自分の勢力基盤を築きつつあるんじゃないのかな。そして、そのことは、やはり首相と無関係ではないような気がする。東京大地震のゲリラ行動で——あのときのやり口を見てもそれはわかる」

「首相にいったい、何があったというのかしら……」

「わからない。だが、知る手だてはありそうだ」

「どうするの」

「危機管理対策室というのが、内閣官房にできたのを知っているかい」

「新聞で見たような気もするわ」

「そこの室長が、下条泰彦——ともに、服部宗十郎を敵として戦った戦友というわけだ」

「もと内調室長が……」

「そうさ。もし、彼と話をするチャンスがあれば、もっと詳しいことを聞き出せるかもしれない」

「無理だわ」

春菜は身を乗り出した。「確かに彼とは、一時的に手を結んだことがあるかもしれない。でも、彼はそんなこと、何とも思っていないわ。彼が戦友だなんてとんでもない。あの男は、自分以外はみんな敵だと考えているタイプの男よ。あの男があなたに一言だって話をするとは思えないわ」

「だが、これ以上何かを探ろうとしたら、やつをつかまえるしかない」

「危険だわ……」

「危険にさらされているのは、俺じゃない」

「どういうこと……」

「考えてみろよ、松田速人が何を計画しているのか」

「服部宗十郎の絶大な権力を受け継ぐことよ……」

「そのためには邪魔な男がひとりいるはずだ」

春菜はおし黙った。彼女はじっと松永を見つめた。

「そう。片瀬直人だ。ワタリが崇拝してやまない『葛野連の宝剣』を持った『荒服部』の王を継ぐ男だ」

「片瀬さまを亡き者とするために……」

「そう。彼の計画にはそのことも含まれていなければならない」

「いったい、何をするつもりなのかしら」

「考えられることはそう多くはない。あんたならどうする」

「あの警備から言って、松田速人は何事かを予告しているのね。とすれば、最も考えられるのは、首相誘拐……」

「俺もそう思う。そして、勾留中の仲間の釈放を要求し、同時に誘拐した段階で、今後の政府との約束ごとを首相と交そうというところだ。仲間を釈放させるのは、片瀬と戦う準備なのだろう。山のなかの戦いは、おそらく松田が勢力拡大を開始したということだ。やつは武力と金で自分の側の人間を増やしつつあるのだと思う」

「これで話の辻褄は合ったわ。あなたへ依頼した仕事はこれで打ち切りにしてもらうわ」

松田春菜はきっぱりと言った。

「どうする気だ」

「片瀬さまに報告します」

「まだ不充分だな」

「何ですって……」

「松田がどの程度の勢力を現在持っているのか、どういう計画を練っているのか、何ひとつわかっちゃいない。だいいち、首相誘拐というのは、推理にすぎん。確証が何もない」

「だめよ。もう手を引いて。これ以上深入りすると、あのカメラマンの二の舞いよ」

松永の眼がにわかに鋭くなった。彼はゆっくり頬に笑いを刻んだ。

「あんたは、まだ俺のことをよくわかっていないようだ」

松永は立ち上がった。「確か、送られるのはきらいだったな」

「弔い合戦だとでも言うつもり」

「そんなんじゃないさ」

彼は伝票を持ってレジへ向かった。「予告篇でおいしいとこだけ見せて、乞うご期待――そういうのを放っておけないんだよ。中途半端がきらいなんだ」

松永が店を出ると、春菜があわててそのあとを追った。

「このままおとなしく帰るんでしょうね。雪はますますひどくなるわ。タクシーも拾えなくなるわよ」

「帰る気はないさ。何かあるとしたら、今夜あたりに違いない。これはあんたが俺に言ったことだ。松田速人がこの雪を見逃すはずはないとな」

「だからどうだって言うの」

「何が起こるのか見とどけてやろうって言うのさ」

松田春菜はおおげさに溜め息をついて見せた。

「止めても無駄でしょうね」

「ようやく少しはわかってきたようだな」

「わかったわ。もう止めないわ。その代わりに、私もいっしょに行くわ」

「だめだ」

「だめだと言われて、おとなしく帰る女だと思って？　あなたも、まだ私のことがよくわかっていないようね」

松永は、激しく降りしきる雪のなかで立ち止まり、しばし、春菜を見つめた。

彼は再び歩き出した。「好きにすればいい」

松永も春菜も、店を出たところから二人の男につけられていることに気がつかなかった。

その男たちは、松永たちが店に入ってから出るまで、雪のなかで辛抱強く待ち続けていたのだった。ふたりは同じようなトレンチコートを着ており、目立たない容貌をしている。

松永と春菜は、防衛庁前を通り過ぎ、地下鉄千代田線の乃木坂駅に向かった。

雪は、すでに歩道を白く覆い尽くしていた。


午後八時に、首相は執務室を出た。

執務室前に集まっていた記者たちには、首相が公邸へもどることがすぐにわかった。

SPが二名のままだったからだ。

首相が外出するときは、その直前に、必ずもうひとりのSPが中央階段を登ってくるのだ。

通常の記者たちとの軽いやりとりを終えると、首相は、中央階段ではなく、廊下のつきあたりにある細い階段へ向かった。執務室を出て、廊下を左手にまっすぐ進む形になる。その階段を下ると、官邸と公邸を結ぶ廊下に直接出られるのだった。

記者たちは、その階段のところまで首相について回り、そこで散会した。新聞社・放送局の記者たちは一階に降り、表玄関の、守衛室の向かい側にある、いわゆる『番小屋』にもどって、メモのつき合わせをする。

記者クラブのなかで、各社のメモを読み合わせるのはこの首相官邸の記者クラブだけだ。じかに首相と言葉を交したり、その会話を耳にしたりできる記者はごく限られている。そのために、記者のタブーをやぶり、このような習慣が生まれたのだった。

時事と共同の二通信社の記者だけは、その後、公邸の門の脇にある別の番小屋に詰めることになっている。

表玄関の番小屋を出た、ひとりの新聞記者が、官邸前庭に車がいないか確認した。前庭はいまや、庭ではなく駐車場となっている。

SPの乗る覆面パトカーが一台駐まっているだけだった。

車の有無を確認するのは、首相に来客があるかないかを知ろうとするささやかな試みでしかなかった。車を帰して、そのまま公邸に入ってしまえば、誰がやってきたかなど、まったくわからないのだ。

それでも、やらないよりましだと、彼は考え、それを習慣としていた。

帰りかけて、彼はふと振り返った。

雪の上に、くっきりとタイヤの跡が残っていたのだ。

彼はしばしそれを見つめていた。もし、雪が降っていなかったら、決して発見されることのないものであった。

降り続く雪の量からして、ほんの二、三分前についた跡に違いなかった。

しかし、それが来客を意味しているとは限らなかった。

その記者が知り得たのは、首相が公邸へもどる直前に、一台の車がやってきて、すぐに去っていったということだけだった。

誰かが帰るために公用車を呼んだのかもしれない——彼はそう思った。

いずれにしても、正門の二重の扉と、警視庁警備部警護課の警官が詰める正門受付のチェックを通り抜けた車であることはまちがいなく、そのタイヤ跡について勘ぐらねばならない理由はなかった。

記者は、ぶるっと一度身ぶるいをして番小屋へもどった。

「誰かいそうだったかい」

他社の記者にそう尋ねられて、彼は首を横に振った。

それきり、彼らは、今度はライバル同士と化し、記事原稿のまとめにかかっていた。

彼らが、公邸のほうから悲鳴を聞いたのは、それからさらに一時間経ってからだった。

それは、女性の叫び声だった。

番小屋に残っていた記者たちは、一瞬のためらいもなく、官邸内へ駆け出して行った。

6

「さっき言ったことを撤回する気になったわ」

春菜は松永に寄りそうようにして歩きながら言った。ふたりは、いかにも仲のいいアベックの散歩を装っているのだ。

情熱的な男女の行動は、気候を選んだりしない――ふたりは、警備の警察官たちが、そう考えてくれることを願っているのだった。

「何のことだ」

「首相誘拐なんて言ったけど、現実にはそんなこと不可能だわ」

「そうかな……」

「この門のなかは、警視庁のSPががっちりガードしているし、門の外はごらんのとおり、麹町署の警官がパトロールしてる。第一、官邸に忍び込むことなんてできないわ」

「不可能じゃないだろう。官邸だってどこかがこわれりゃ修理のための業者を入れる。邸内のトイレ以外すべてに敷かれているという赤い絨毯の張り替えだけでも、けっこうな人数が出入りするはずだ」

「それだって、官邸の正門で、出入りの許可証のようなものをチェックするはずよ」

「松田速人なら何だってできそうな気がするがね」

「確かに、忍び込むことくらいはできるでしょうよ。何と言っても、彼らはそれが専門なんですからね。でも、考えてみて。忍び込むだけじゃだめなのよ。首相を連れ出さなくちゃならないのよ。これはやはり不可能だわ」

「しかし……。松田速人に、ほかのもくろみがあるとは思えない。首相誘拐が一番理にかなっているんだ」

「誘拐は無理でも、忍び込んで暗殺をするのなら、可能だわ」

「物騒なことを平気で言う女だ。だが、殺しちまっちゃあ何にもならない。松田速人としては、首相を人質にして、条件闘争に持ち込むのが目的なんだからな」

「でもどうやって？　ＳＰというのが、どんな連中か知ってる？」

「さあね……」

「身長百七十三センチ以上。柔道、剣道、いずれか三段以上、二十五メートル離れた直径十センチの的を、拳銃で、十五秒間に四発以上命中させられること。そして、眼鏡をかけていなくて、外国語もある程度こなせること——これがＳＰの条件なのよ」

「よくそんなことを知ってるな」

「もと総理府職員ですからね」

「そうだったな……」

「そのSPが、常に首相につきそっているのよ」

「いっしょにベッドに入るわけじゃあるまい」

「本気で思ってるの、首相が誘拐されるって」

松永は何か言いかけて、ふとうしろを振り向いた。

雪の淡いカーテンのむこうに、トレンチコートを着た男が見えた。

「どうしたの」

春菜がうしろを見ようとした。

「振り向くんじゃない」

松永はさりげない様子でそう囁いた。

「何なの」

「うしろに男がふたりいる。地下鉄のなかでも見かけたような気がする」

「私たちをつけているのかしら。いったい何者?」

「知るもんか」

「私たちはただ散歩しているだけよ。うしろめたいことはしていないわ」

「気のせいかもしれない。だが、いったんこのあたりから離れたほうがよさそうだな」

松永は歩調が変わらないように注意しながら、総理府と首相官邸の間の坂を下り、溜池の交差点へ向かおうとした。少しでも交通量の多いところへ出ようと考えたのだ。松永の、長年にわたる物騒な生活で自然に身についた本能のようなものがそう告げたのだった。

さらに、相手が何者であれ、警官がうようよしているところで事を構えるはめになる危険は避けねばならなかった。

しかし、松永の読みは、この豪雪のせいで狂ってしまった。

いつもは車が行き交う溜池交差点付近も、この日ばかりは、ほとんど車が見当たらなかった。

高速道路もすでに閉鎖されている。

総理府のほうから降りてきた溜池交差点の角は、広い駐車場になっている。

そのむこうが東芝ＥＭＩビルだ。

交差点手前に細い一方通行路がある。

東芝ＥＭＩビルの裏口に面している道だ。

松永と春菜がその一方通行路の入口にさしかかったとき、トレンチコートの二人組が、追いついた。

彼らのひとりが、松永の肩に手をかけた。

「何ですか、あんたたちは」

松永が尋ねたが、トレンチコートのふたりは無言だった。こたえる代わりに、松永にかけた手に力を込めて、引いた。敵意の感じられる行動だった。

春菜を見ると、もうひとりの男に両腕をつかまれていた。

ふたりは、松永と春菜を駐車場脇の細い通りへ連れ込もうとしていた。

松永は、思いきり足をふんばった。相手は松永の肩と襟首をしっかりつかんで引っぱろうとしていた。柔道か何かの心得があるらしく、引きは強かった。

松永は、急に力を抜いた。

相手は、ほんの一瞬だがバランスを失った。

踏みとどまろうとする。

そのとき、積もった雪が松永の味方をした。相手は、片足をすべらせ、さらに大きく体勢を崩した。

相手の顔面が左側から右側へとぐらりと移動する。

松永は、それを迎え討つように、右側からフックを飛ばした。

フックはカウンターで決まった。

敵はその一発で膝(ひざ)をついた。カウンターの威力はすさまじい。カウンターのコツさえつかめば、女でも一撃で男を倒すことができる。

松永は、春菜を助けようとした。しかし、次の瞬間にその必要などまったくないことを思い出していた。

春菜はつかまれた両腕を、ます水平に上げ、体を鋭くひねりながら、左を下方に引き、右を上方に押しつけた。

小さな動きだった。

しかし、体格のいいトレンチコートの男はそれだけでふわりと宙に舞い、地面に叩きつけられた。見事な『裏投げ』だった。

雪が積もっているとはいえ、その層はごくうすく、雪の下は凍てついたアスファルトだった。

投げ出された男は、腰を強打し、道の上で苦しげにうごめいていた。

「逃げるんだ」

松永が、春菜の手を取って、溜池の交差点方向に駆け出そうとした。

とたんに彼は、もんどり打って、雪の舗道に転がった。

松永にフックを見舞われた男が、身を投げ出し、両足で松永の足をはさんだ。そして体をひねったのだ。いわゆる蟹ばさみという技だ。

松永は、春菜を巻き込むまいと、咄嗟に手をはなしていた。

彼が立ち上がるのと、蟹ばさみをかけた男が立ち上がるのは同時だった。

すかさず敵は殴りかかってきた。

松永は、右拳を突き出し、その腕で相手の拳を払い、同時に相手の顔面を打った。ボクシングのクロスカウンターの要領だ。

空手では『払い突き』と呼ばれる。地味だが高度な技だった。

これは決定打にはならなかった。牽制程度の突きだった。

しかし、一連の相手の攻撃を見て、松永は、敵がどんな格闘のトレーニングを積んでいるかを読み取ることができた。

敵は、空手や拳法などスピードのある打突系の格闘技については素人同然だった。

それは、蟹ばさみを放った直後判明した。

蟹ばさみは、もともと柔道の技だが、空手家もよく使用する。

ただ、その技をかけたあとが違うのだ。

柔道家は、相手を倒したあと、固め技か締め技にもっていくしかない。そういった訓練が咄嗟の場合にも出るのだ。

これに対して、空手家は、いっしょに倒れ込んだ直後、必ず一撃を加える。多くの場合、足を振り上げ、踵を相手の腹に叩き込むのだ。

そうして相手の動きを封じておいて、先に立ち上がり、肋骨を踏み折るなり、首を手刀で折るなどのとどめを刺す。

相手が放ったパンチも、鍛えぬいた松永のパンチに比べると子供の遊びに等しかった。

空手を学ぶ者は、拳の専門家だ。その訓練は、拳の突きに明け暮れるのだ。

松永は、優位に立った。

彼は徹底的に相手をいためつけるつもりだった。

空手家松永丈太郎は礼儀正しく危険な技を避ける良識の持ち主だが、『喧嘩屋』の松永は別人だった。

彼は、経験上、喧嘩の際に手加減することの愚かさを知っていた。

喧嘩は、一秒でも早く、しかも、徹底的に片をつけるべきなのだ。

松永は、軽いパンチで突き放した相手を正面に見すえ、視界のすみに、春菜に投げられた男をとらえていた。

投げられた男が、立ち上がった。

その瞬間に松永は動いた。

雪ですべらぬように、すり足で素早く横に移動し、横蹴りで足刀を放った。

相手の肋骨をもろにとらえた。男は、二メートル後方の、駐車場の金網まで突き飛ばされ背を打ちつけた。そのまま、再び地面に崩れ落ちる。

正面の男が突っ込んできた。

松永は右手を取らせておいて、左手の裏拳を相手の顔面に見舞った。

一瞬敵の動きが止まる。

松永は、右手を引きつけ、相手にたたらを踏ませた。

そこに容赦ないローキックを叩き込む。

膝上十センチの大腿部の外側は急所だ。

敵は体重があり、腰も安定していたが、鍛え抜かれた急所攻撃には対処できなかった。

彼は低いうめき声を上げて、片膝をついた。

「早く逃げましょう」

春菜が松永の腕を取った。

松永はその手を振り払った。

「まだ終わっていない。こいつらが何者なのか聞き出してやる」

松永は、片膝をついている男に近づいた。

そのとき、総理府方面の坂の上から車がかなりのスピードでやってきて、急ブレーキをかけた。

松永は、反射的に振り返った。

車は、パトカーだった。

松永は、踵を返して叫んだ。

「まずい。逃げるんだ」

松永は駆け出した。

しかし、すぐに雪の上に引き倒された。片膝をついていた男がタックルをかけたのだった。

松永は、ガッチリと腰に手を回されていた。

彼は、右腕を振り上げ、相手の鎖骨めがけて肘を振り降ろした。

猿臂打ちは、どんな体勢からでも大きな破壊力を発揮できる。

相手の腕がゆるんだ。もう一度、同じところへ肘を叩きつけておいて、松永は敵の腕から両足を抜いた。

春菜を見ると、金網のところに倒れていた男に抱きつかれていた。

松永は駆け寄り、後方から脇腹めがけて、力の限り回し蹴りを放った。

敵はのけぞった。

振り返ると、四人の制服警官が駆けてきた。

春菜をつかまえていた敵は、くるりと松永のほうを向き、肩からぶつかってきた。

松永は、それを避けられず、男と折り重なって倒れた。

「行け」

松永は、春菜に向かって叫んだ。「逃げるんだ」

春菜はためらわなかった。

彼女は、信じられないほどのスピードで雪の上を駆けた。ワタリの民が山のなかだけで見せる走法だった。

春菜の姿はたちまち、降り続ける雪のなかに融け込んでしまった。

四人の制服警官は、警棒を出して、松永と彼におおいかぶさっているトレンチコートの男をおさえようとした。

「待たんか」

肩をおさえながら、もうひとりの男がようやく立ち上がった。

松永は、その男がコートの下から取り出し、掲げたものを見て驚き、そして歯嚙(はが)みした。

サツ回りの記者時代に何度も見ているので見まちがえようはない。

それは本物の警察手帳だった。

松永の上にいた男も、立ち上がってまったく同じ手帳を警官に提示した。

そして、その男はつぶやくように言った。

「本庁の公安だ」

松永は、制服警官四人にしっかりとおさえつけられ、ここまでだ、と思った。

六人の鍛えられた警察官が相手では勝ち目はない。だいいち、警察相手に暴力をふるうことが、どんなに愚かな行為かを彼はよく知っていた。松永は、後ろ手に手錠をかけられた。

彼は、パトカーに向かって歩かされながら口のなかでつぶやいていた。

「特高の残党め……」

春菜は、溜池から赤坂見附までまっすぐに駆け抜けた。

彼女は、何をすべきかをよくわきまえていた。

春菜は、電話ボックスを見つけると飛び込んだ。

祈るような気持ちで、ダイヤルのボタンを押す。

三回のコールで相手が出た。

「はい、片瀬です」

春菜は、その声に全身の力が抜けるほどの安心感を覚えた。

記者たちよりも早く、首相官邸中央ホールに飛び出してきた者たちがいた。

官邸警備員と、私服の警察官、それにSPだった。

彼らは、大ホールへ駆け込んだ。

一階の廊下から公邸へ向かうには、大ホールのなかを通らねばならない。

大ホールの扉のまえに二名の警察官が残り、そこで記者たちは止められてしまった。

報道関係者は、一歩たりとも、そこから先へは進めなかった。

何人かの記者は中央階段を駆け登った。

首相がいつも使用している細い階段のほうの様子を見ようというのだ。

こちらの階段を下れば、大ホールを経なくても、公邸へ行くことができる。

だが、二階も同じことだった。

二名の警察官が階段の降り口のまえに立ちはだかっていた。

二階に回った記者たちは、五名の秘書官が首相執務室の向こう側にある秘書官室から出て来るのを見た。

彼ら五人は、「失礼」と言って記者をかき分け、階段を下って行った。

最後尾にいたのは、下条泰彦だった。

ベテラン記者のひとりが下条に向かって言った。

「いったい何があったんです」

「知らんよ」

下条は、まっすぐまえを見たまま言った。「これから見に行くところだ」

首相公邸入口は、官邸の表玄関に向かって右側、つまり西側にある。

そのすぐ脇には、時事、共同両通信社専用の番小屋があり、さらに、その奥には官房長官公邸があった。

通信社の記者は、雪のために滑ってころびそうになりながら必死で駆けてくる官房長官の姿を見つけた。

記者たちは口々に尋ねた。

「何があったんです」

「今の悲鳴は、いったい誰の声なんです」

「首相に何かあったんですか」

官房長官は彼らを一瞥して、公邸への門を通り抜けようとした。

官房長官は、ふと立ち止まり、思い直したように、記者たちのほうを向いた。

「何があったのか、まだ私も知らん。事実が明らかになりしだい、正式に発表するから、それまで妙に騒ぎ立てんでくれ。いいね。この私の口から出たこと以外、記事にはせんでくれ」

官房長官は背を向けると、公邸のなかへと急いだ。

玄関を入るとまず右側に秘書官室があった。そのドアは開け放たれたままで、なかは無人だった。

廊下の左側には二つの応接間が並んでおり、右側には日本間と、首相の寝室がある。

官房長官は、廊下に秘書官たちが立っているのを見た。警察官の姿はない。

秘書官たちのほとんどは、顔色を失っていた。

その足もとに、ひとりの男が倒れている。それはＳＰだった。

官房長官は、何が起こったかを瞬時に悟った。

最悪の事態だった。

五人の秘書官は、官房長官に一礼した。一番キャリアのある秘書官が代表して言った。

「残念です、長官。予告が現実のものとなりました」

五十嵐（いがらし）という名のやせた初老の男だった。

官房長官は、低くうなった。

「首相誘拐……」

「は……」

「確かなのか。オヤジはまだ邸内にいるんじゃないのか。トイレは見たのか」

首相と同じ派閥に属している官房長官は、首相のことをいつもオヤジと呼んでいた。

「信じたくないお気持ちはわかりますが、私どもが駆けつけてすぐ、各所を確認いたしました」

官房長官は吐き棄（す）てるように、何ごとか呪いの言葉をつぶやいた。

彼は、落ち着こうと努力し、五十嵐秘書官に尋ねた。

「あの悲鳴はどういうわけだ」

「は……。お手伝いが、総理に食事を運ぼうとしてここへやってきました。そして人が倒れているのを見て、死んでいるのだと思い大声を上げたというのです」

「人が倒れているくらいで……」

「このSPをよくごらんください」

言われて官房長官は、倒れている男の顔をのぞき込んだ。

SPは、眼球をえぐられていた。眼窩に血がたまり、それがあふれ出して顔を赤く染めている。

官房長官は思わず顔をしかめて眼をそむけた。

「死んでいるのか」

「いえ、まだ息はありますが……」

官房長官は、その場を離れ、首相の寝室のまえに立った。

ドアのノブを回す。鍵はかかっていなかった。

寝室のなかで長官はしばし立ち尽くしていた。

ほの暗いベッドサイドの照明だけがともっている。

官房長官は窓に近寄り外を見た。何の異常もなかった。

窓の鍵はかかっていた。彼は廊下へ出ると、五十嵐秘書官に言った。

「オヤジの奥方はどこだ」

「今夜は、私邸のほうへおいでです」

「例のお手伝いは何でこんな時間まで残っていたんだ」

「食事の時間が遅くなると、総理自ら公邸へ電話なさっていました。そのためでしょう。食事をお出ししたら帰るつもりだったのだと思います」

「今、どうしてる」

「台所のほうへ連れて行っております」

「総理がいなくなったことに気づいておるか」

「いえ、そこまでは……」

官房長官は、廊下の先に眼をやった。その奥に台所があるのだ。

「オヤジの件を一切知られぬようにして、すぐに帰せ」

「わかりました」

「それから救急車だ。このSPを放っておくわけにはいくまい」

「はい……」

「警察も呼ばねばなるまいな。外にいる警官に知らせよう」

「は……」

五十嵐はうなずいた。

「お待ちください、長官」

秘書官のひとりがそう言って、官房長官を驚かせた。

「下条泰彦か。何だ」

「警察の介入は慎重にやらねばなりません。でないと、報道機関に総理誘拐の事実が洩れるおそれがあります」

「遅かれ早かれ世間に発表せねばなるまい」

「いいえ、それはできません。治安上の問題が生じるだけでなく、外交上、政府はきわめて危機的な立場に立たされることになるでしょう」

「隠しおおせると言うのかね」

「この件は、総理に一任されております」

官房長官はしばらく下条の顔を見つめていた。

「おまえは、危機管理対策室の室長を兼務しておったな」

「はい」

「よし、若僧、おまえにまかせる。さしあたって、私は記者発表をしなければならん。その原稿を作れ」

「三十分以内に」

「この時点から、この官邸と公邸は、危機管理対策室の管理下に置く。さあ、下条、始めてくれ。私らは今から何をすればいい。指示するんだ」

下条は落ち着いてうなずいた。

「現場はこのまま保存します。警察に関しては、機密保持を厳命した特別チームを作らせ、警視庁の本庁から直接来させましょう。このSPを運ぶ救急車は、そのまま利用できます。つまり、簡単に言えば、総理は今夜、急病で病院へ運ばれたということになるのです」

「うまくいくかな。マスコミはうるさいぞ」

「やってごらんにいれますよ。問題は明日からのことです。現国会は、会期をあと一日残しております」

「わかった。休会になるように根回しをしておこう。そちらのほうはまかせておけ」

「あとは、その他の総理のスケジュールのチェックです。代理を立てられるものは、すぐにその準備を始める……。まあ、これは、総理が本当に病気になった場合の措置とまったく同じでけっこうです」

官房長官はうなずいた。

「全員、すぐにかかってくれ」

7

「暴力行為に傷害、公務執行妨害」

警視庁公安部総務課の森巡査部長が言った。トレンチコートのふたり組のうち、最初に、松田春菜に投げ飛ばされたほうの私服警官だ。「おまえが暴力をふるった相手は、れっきとした警察官なんだよ。これは、こっちとしてもおとなしくしているわけにはいかない」

森という私服警官は、明らかに憎しみの色を、冷酷な印象を与える眼に浮かべていた。

「おまえは、俺の同僚の鎖骨を折っちまったんだ。無事にここを出られると思うな」

松永は麹町署の取調室に連れ込まれていた。立ち会いの警官はいなかった。筆記係もいない。

松永は、麹町署の制服警官とのやりとりを聞いて、私服警官たちが、本庁の公安部総務課の人間であることを知った。

公安の総務課というのは単に事務仕事だけをやっているのではない。内乱罪や騒乱罪などに関係する事件には、すべてこの総務課がタッチしているのだ。

公安部は日本共産党をいまだに監視していると言われているが、それを担当しているのも総務課だという話を松永は聞いたことがある。

また、東アジア反日武装戦線事件の際に、その存在が明らかになった公安秘密部隊は、総務課に置かれていた。

それらの事実を知っているだけに、松永はこの森という私服警官が何をやり出すかわからないと思った。

彼は、明らかに恐怖を感じた。

森は、松永の襟首をつかまえて、締め上げた。

ネクタイとベルトは取調室に入るまえに、型通り外されている。

森の両方の拳が頸動脈をおさえつけた。

襟が喉に食い込んでくる。

松永は息ができずもがいた。

こめかみが激しく脈打っている。顔面が破裂しそうな錯覚に襲われる。

視界の周辺が、きらきらと輝き始めた。無数の星にふちどられた闇が、ゆっくりと視野を狭めていく。

松永は、後ろ手に手錠をかけられたままだった。

彼は、無意識のうちに蹴りを出そうとしていた。

相手が誰であるか考えている余裕などない。鍛え上げた闘争本能による行動だった。

しかし、松永と森との間にはスチールデスクがあった。松永の大腿部(だいたいぶ)が机を蹴り上げた。

それが精一杯の抵抗だった。

松永は〝落ちる〟寸前だった。

森が満足げな笑みを浮かべて手を離した。同時に松永をつき放す。

松永は、椅子(いす)もろとも後方へひっくりかえった。

ひゅうと喉を鳴らして息を吸い込む。そのとき、唾液(だえき)をいっしょに激しく吸い込んでしまった。

松永は激しく咳(せき)こんだ。

肺は酸素を求めてさらに息を吸おうとする。しかし、そのたびに咳で空気が押しもどされる。

すさまじい苦しさだった。松永は一瞬パニックを起こしかけた。

森はまったく無表情に、床の上で胎児のように丸くなってもがく松永を眺めていた。

ようやく松永の咳がおさまると、森は、机を回って松永のもとへやってきた。

彼は、苦しみが一段落した松永の鳩尾(みぞおち)に、革靴のつま先をめり込ませた。

松永は、目と口をいっぱいに開いた。

再び息ができなくなる。

取調室は冷えびえとしていたが、松永の顔にはみるみる汗が浮かび始めていた。鳩尾を蹴られた苦痛は比較的早く去った。空手の稽古で、鳩尾に突きや蹴りを受けるのには馴れていたのだ。

松永は呼吸を整えた。

「行儀が悪いな。え？」

森は、靴で松永の左肩を踏みつけ、顔をのぞき込んだ。「人が話をしている最中に寝っ転がったりしちゃいかん」

彼は松永のジャケットの肩の部分をつかんで引き立てた。

椅子を起こして、そこに松永をすわらせると、森は再び机をはさんで向かい合った。

「心配するなよ」

森は言った。「われわれは日本の法律に従っているんだ。ハムラビ法典に従っているわけじゃない。眼には眼を――というわけにはいかんのさ。できればおまえの鎖骨もへし折ってやりたいんだがな」

松永は二度大きく深呼吸してから言った。

「学がないな」

彼は情けなくも崩れ去ろうとする自尊心を必死で支えていた。「ハムラビ法典は報復を推奨していたんじゃない。必要以上の復讐を禁じた法典だったんだ」

「ほう……。これは勉強になった。ついでにもっといろいろ教えてもらおうか」

森は、片肘（かたひじ）を机について身を乗り出した。

「あんなところで、いったい何をしていたんだ」

「あんなところ……」

「余計なことをしゃべる口はあっても、こちらの質問に答える口はないというわけか」

「何のことを言ってるのかわからんな」

松永は上眼づかいに森を見た。松永は、本当に森の目的をつかみかねていた。「俺たちはデートしているところを、突然あんたらに襲われたんだ」

「それは事実じゃないな」

森は、かすかに笑みを浮かべた。「きさまは、われわれが職務質問しようとしたら、急に暴力による抵抗を始めたんだ。われわれはやむなく応戦した」

「ばかな……」

松永の眼に怒りがまたたいた。「『警告の義務』はどうした。あんたらは、自分たちが警察官であることを俺たちに告げ、俺たちが求めれば、それを証明する義務があるはずだ。でなければ職務質問など成り立たない」

「われわれは告げたんだよ。おまえが聞き逃しただけなんだ。いずれにせよ、証人はいない」

「警察官が突然殴りかかってきても、罪に問われるのは喧嘩を売られたほうだとでも言うつもりか」

「そうだよ」

森は目を細めて言った。「そんなことは、七〇年安保当時は誰でも知ってたことじゃないか」

森は明らかに松永を挑発していた。

松永はそれに乗るまいとした。

彼は考えた。

ふたりの私服警察官は、明らかに松永に暴力をふるうようにしむけたように思える。それは松永を合法的に捕える必要があったからだろう。

松永を麴町署の制服警官に逮捕させたのもそのためにちがいない。

それは、ふたりがあらかじめ松永のことを知っていたということを物語っている。

森が松永を挑発しているのは、仲間がけがをさせられたせいではない。そんな単純な理由で公安がこんな無茶な取り調べをするはずはなかった。

森は、松永が、再びここでひと悶着起こし、罪の上塗りをすることを狙っているのだ。そうすれば、松永の立場はますます不利になる。

しかし、松永を捕えようとした真の理由がはっきりしなかった。

「今度はだんまりか。え？」

「弁護士を呼んでもらう権利があるはずだ。これは不当な逮捕だ」

「そういうことを言える立場か。俺の相棒はおまえに鎖骨を折られたんだ。それに、弁護士など呼ぶと、おまえの立場は余計に悪くなるんじゃないのか」

「どういう意味だ」

「もういい。言いたくなければ言うな」

森は立ち上がった。「いいか。絶対に言うなよ」

彼はゆっくりと松永のうしろに回った。手錠をかけられた松永の左手首をつかむ。それを、背骨にそってゆっくりと上へ持ち上げていった。

松永は肩を締め上げられ、うめいた。

さらに森は、松永の背と肘の間に自分の腕を差し込んだ。松永の肘を決めたのだ。

肩と肘の激痛は耐えがたかった。

松永は、顎がはずれるほど口を開いてうわごとのような声を洩らした。

そのままの状態で森は言った。

「わかってるんだよ。昼間もおまえは首相官邸の周囲をうろついていた。そのとき、おまえは溜池と山王下の間にある政府の廃ビルの様子をうかがっていただろう」

松永の肩は脱臼寸前だった。

激痛のため脳貧血を起こしそうになり、森の声が遠く聞こえた。

しかし、彼は森の言葉の意味をはっきりとらえていた。

脂汗を流し、あえぎながら彼は言った。

「待て……。待ってくれ……」

「しゃべるなと言ったはずだぜ。今さら何か言おうなんて虫が良すぎるんじゃないか」

森は松永の顔色を観察してから、徐々に力を抜いていった。

森が手をはなすと、松永は前のめりに倒れた。額をスチール製の机について、肩で大きく息をしている。

森は痛めつける限度をよく心得ていた。決してやりすぎず、効果的に相手を苦しめるのだ。

彼は、この手の仕事に慣れていた。

「このへんにしておかないと」

松永は、額を机につけたまま言った。

「あんた、後悔することになる」

「きさま、寝ぼけてんのか」

松永は顔を上げた。

「あんたらが俺をマークし始めたのは、俺が電子技術総合研究所跡をのぞき込んでいるところを、偶然見かけたからだろう」

「質問をしているのはこっちだ」

「それから、あんたらは、べったりと俺を尾行し始めたというわけだ。俺の身分も正体も詳しく調べずにな」

「公安をなめるんじゃない。おまえのことはとっくに調べはついている。金のためなら何でもする探偵気取りの野良犬だ」

松永は、自分の推理が正しいことを祈った。

首相誘拐――あるいは、それに相当する危険が首相に迫っていることはほぼまちがいない。

そして、森と仲間の私服警官は、松永を、その犯人グループのひとりと考えているのだ。

しかし、森にも確証があるわけではない。そして、上からはさかんに尻を叩かれているのだ。彼は、やむなく非合法手段に踏み切ったのだ。

森は、一か八かの賭けを行ったのだと松永は考えた。

(それなら、こちらもブラフをかましてやるに限る)

松永は、まっすぐに森を見つめた。

森は睨み返したが、松永はたじろがなかった。ここで位負けしたら、これから打つ芝居の効果が半減してしまう。

松永は落ち着き払って言った。

「あんたはまちがいを犯したんだ」

森は椅子を蹴って立ち上がった。

「何だと。ふざけるな」

しかし、森の眼にはわずかだが迷いの色が現れ始めていた。

松永は、ゆっくりと息を吸ってから言った。

「下条泰彦を呼べ」

森は伸び上がって松永の襟首をつかんだ。

「気でも違ったのか。下条泰彦を呼べだと。どこの誰だか知らんが、おまえは人を呼べる立場じゃないんだよ」

松永は動じなかった。

彼は森を見すえて、もう一度、はっきりと命令口調で言った。

「繰り返す。危機管理対策室長、下条泰彦を呼ぶんだ」

森は、怒鳴り返そうとして、それを思いとどまった。彼の手がゆっくりと松永の襟首から離れた。

森は、「下条泰彦」という名の人物を思い出したのだった。

松永の目的は、自分が下条との関わりで動いていたように、森に思い込ませることだった。

森は無言で立ち尽くしていた。

松永の思いつきは、百パーセント成功しないまでも、ある程度の効果をもたらしたようだった。

片瀬が市川のアパートを出たのは、夜の十時まえだった。

彼はまっすぐに、松田春菜のマンションに向かった。彼女は、地下鉄千代田線の代々木上原の駅近くにひとりで住んでいた。

通常時なら、市川から御茶ノ水まで国鉄総武線で約二十分、新御茶ノ水から代々木上原まで千代田線で約二十分――乗り替えなどの余裕をみても、合わせて一時間で着くはずだった。

しかし、雪のため、国鉄、私鉄ともダイヤが大幅に乱れ始めており、片瀬が春菜のマンションを訪れたのは、午前零時を回ってからだった。

雪の勢いはいっこうに衰えを見せず、大都市に積もっていった。

「わざわざおいでいただいて恐縮です」

松田春菜は丁寧に頭を下げた。

「いえ、いいんです。松永さんがつかまったというのはどういうことです。詳しく話してください」

松田春菜は、山のなかでの異変から、松永が逮捕されるまでのいきさつを、順を追って正確に述べ伝えた。

片瀬直人はうなずいて、しばらく思案していた。

やがて彼は尋ねた。

「おじいさんは……。啓元斎さんはどちらにおいでです」

「祖父は山へもどり、何とかワタリの秩序を取りもどそうとしております」

「知りませんでした。荒服部の責任者として恥ずかしく思います」

「とんでもないことです。もともと服部家は、私たちワタリの上に立つ家柄です。昔から、ワタリの民とは一線を画してこられたのです。ワタリの問題は、ワタリで解決しなければなりません。無用な心配をおかけしてしまった私たちこそ、恥じなければなりません」

「もし、あなたの言われるとおり、服部がワタリの皆さんの上に立つ家柄だとしたらなおさらのことです。上に立つ者は、権限よりも責任のことを、まず考えねばなりません。僕は、ワタリの皆さんに対して責任を負う立場にあるということになるのです」

「ワタリの民を代表して、今のお言葉にお礼を申し上げますわ」

「……それで、松田速人の消息は……」

春菜は眉を曇らせた。

「実はそのこともご相談したかったのです」

「見つからないのですか」

「荒真津田の手の者が能力の限りを尽くして探し回っているのですが……」

「しかし、山のなかで騒動が起こっていることからして、山にもどっていると考えていいのでしょうね」

春菜は首をかしげた。

「むしろ、山にいるのなら、荒真津田の側の者が発見しやすいと思うのです。私たちのネットワークは、里の人が考えているより、ずっと広範囲で密なのです。事実、松田速人の片腕でハフムシと呼ばれる男は、何度か私たちの仲間のまえに姿を見せているのです」

ハフムシというのは、山の民の言葉で蛇のことを言う。

松田の一派はこのような符牒で仲間を呼び合っていた。ハフムシというのは、その名のとおり蛇のような不気味な眼つきをした男で、松田速人の参謀役だった。

片瀬は小さく何度もうなずいた。

「例の東京大地震のときからずっと姿が見えないのですか」

「はい……」

「松永さんの考えは正しいと思います。松田速人は首相を誘拐し、政府と取引をするつもりでしょう」

「狙いはやっぱり片瀬さま……？」

片瀬はうなずいた。

「しかし、一度も姿を見せないというのは妙ですね。そこが、どうしてもひっかかる」

「荒真津田に味方する者たちが、今も行方を追っているはずです」

片瀬はうなずいた。

「それはそのかたたちにまかせることにしましょう。僕たちは、松永さんを何とかしなければならない」

「下条泰彦か陣内平吉に相談してみましょうか……。信頼できる連中ではありませんが、少なくとも、二度、手を組んでいるのですから……」

片瀬は曖昧にうなずいた。

「……やはり、それしか手はないでしょうね」

松田春菜は立ち上がって窓の外を見た。

「雪は止みそうにありません。首都圏の交通は一時的に寸断されるでしょう」

彼女は片瀬のほうに振り返った。「今夜はここにお泊まりください」

片瀬はためらいを覚えたが、ほかにどうしようもなかった。

「お言葉に甘えさせてもらいます」

片瀬は、こういう場合であっても、若い女性の部屋に泊まることに一種のうしろめたさを感じるタイプの青年だった。

そして、そう感じたとき、片瀬はふいに思い当たった。

水島静香が不機嫌なのは、服部の血筋に対する悩みが原因なのではなく、男と女の関係のいら立ちからなのではないか、と。


陣内は自宅へ帰らず、総理府の六階で仮眠を取っていた。

石倉室長は帰宅していた。

緊急時のため、いつもより多くの室員が残っていたが、それでも十人に満たなかった。

彼らはしばし、雪の夜の静けさを味わっていた。

陣内のデスクで電話が鳴り、つかの間の平穏は破られた。

電話を取った室員は、ソファで横になっていた陣内を起こした。

陣内は熟睡していたが、瞬時に眼を覚ました。

「下条首相秘書官からです」

陣内はあくびをして立ち上がった。

「来たか」

彼は、室員たちがいらいらするほどのんびりした足取りで自分のデスクに向かった。受話器を取り、名乗ると、それきり一言も発せず下条の話を聞いていた。

電話を切ると陣内は室員全員に向かって言った。

「今から、情報調査室は、危機管理対策室の指揮下にはいる。室長に電話しておいてくれ」

「それじゃあ……」

室員のひとりが、遠慮がちに尋ねた。

陣内はうなずき、平然と言ってのけた。

「総理が失踪された」

陣内はあえて「失踪」と言ったが、室員たちは、それを「誘拐」と受け取った。誘拐予告が彼らの思考を方向づけてしまっていた。

「私は、これから下条秘書官のところへ行ってくる。指示があるまで全員ここで待機していてくれ」

陣内はそう言い置くと、部屋を出てエレベーターに向かった。

8

マドラスの人たちは、南インドの季節について次のように言う。

「私たちには三つの季節があるだけだ。ホット、ホッター、ホッテストだ」

しかし、北インドには確かに冬がある。

一月のデリーでは、夜間、摂氏五度くらいまで気温が下がることがあるのだ。

二月に入ると急速に平均気温は上がり、インドらしさを取りもどすものの、二月中の最高気温はそれでもまだ二十四度ほどなのだ。

二月のデリーは、降水量もそれほど多くなく、先進国からやってくる観光客には実に快適だった。

特に、整然と区画整理されたニューデリーの街並（まちなみ）は美しい。

多くの観光客は、インドに、この近代都市とはまったく別のものを求めてやってくるのだが、それでもここの美しさを認めないわけにはいかない。

円形の公園コンノート・プレイスから伸びるジャン・パトゥ、そして、それと直角に交差するラージ・パトゥ——この二本の道が、ニューデリーの中心を成している。

ジャン・パトゥは『民衆の道』、ラージ・パトゥは『王の道』という意味だ。

ラージ・パトゥは、インド門から発し、国立博物館、国会議事堂、中央政府庁舎などを左右に見て、大統領官邸に至る。

その道の両脇には、眼に鮮やかな芝生が敷きつめられている。

緑の芝と、小高い丘の上にあるベージュの中央政府庁舎のコントラストは、観光客の眼をうばうほどに美しい。庁舎は赤砂岩でできているのだ。

その快適な二月のニューデリーも、今は、硝煙のにおいと緊張をはらんでいた。

観光客は敬遠して、この一帯には近づこうとはしなかった。

一九八五年、ラジブ・ガンジー新首相の柔軟政策で、一時的に平穏化していたシーク教徒過激派のテロ活動が、にわかに活発化したのだった。

シーク教は、十五世紀にナーナクによって創始された。その教義を簡単に言えば、ヒンズー教にイスラム教の神秘主義を取り入れたものだ。

彼らは「五つのK」と呼ばれる戒律を持っている。つまり、長髪、膝上までのズボン、鉄の環、短剣、櫛の帯用だ。

シーク教徒は、姓名のいずれかに必ず、ライオンを意味する「シング」を付け、頭にはターバンを巻くことで知られている。

現在の教徒数は千四百万人で、その五分の四がパンジャブ州に居住している。

彼らは、パンジャブ州のアムリトサルにあるゴールデンテンプルを総本山とし、インドからの自治独立を要求している。

シーク教徒の分離運動は一九七〇年代から活発化した。ヒンズー教徒との対立が高まるにつれ、運動の主導権は、穏健派アカリ・ダル党から、ビンドランワレ師率いる過激派へと移行した。

過激派はテロ事件を続発させ、ついに、インド政府は、一九八四年六月五日、シーク教過激派大掃討作戦を敢行したのだった。

六月五日、廃墟（はいきょ）と化したゴールデンテンプルのなかで、軍隊によって七十二発の弾丸を撃ち込まれたビンドランワレ師の死体が発見された。

シーク教徒はその報復に出た。

十月三十一日、インディラ・ガンジー首相を暗殺したのだった。首相に銃を向けたのは、三名の首相警護の警官だった。言うまでもなく、彼らはシーク教徒だったのだ。

首相暗殺テロで、シーク教過激派の活動はピークを迎えた。

その後、大西洋上におけるインド航空機爆発事件、成田空港のカナダ太平洋航空機手荷物爆発事件などが起こり、犯人はシーク教徒ではないかと言われた。

が、その後は、新首相ラジブ・ガンジーの懐柔的努力もあり、シーク教徒過激派は鳴りをひそめた感があった。

突然、また活発化したテロ活動に、政府も面食らっていた。

インド政府の情報筋は、その原因を究明しようとして、ある噂をつき止めた。ゴールデンテンプルで死亡したビンドランワレ師に代わって、強力な過激派の指導者が現れたというのだ。

その人物は自ら、「ランジート・シング」と名乗っているということだった。

ランジート・シングは、廃墟と化していたゴールデンテンプルを再建し、強固なアジトを作り上げていた。

かつて、ゴールデンテンプルの屋根を金箔で覆い、その名の由来とした人物の名が、「ランジート・シング」――ランジート・シングは、その名を冠いており、本名は不明だった。

ランジート・シングは、シーク教徒たちのまえにも滅多に姿を見せず、決して直接会話を交わさないという、神秘につつまれた人物だった。

彼の指導によって特にシーク教徒とヒンズー教徒の対立が激化していた。

シーク教徒過激派のテロは、政府の施設だけでなく、ガンジス河の上流にある、ヒンズー聖仙の町、リシケーシュやハリドワールでも展開されていた。

デリーからハリドワールまでは、鉄道で七時間、バスで六時間かかり、リシケーシュはさらにそこからバスで一時間かかる。

観光客の求めるインドがここにある。

バスでハリドワールに向かう人々は、眼のまえに広がるヒマラヤ山脈に圧倒される。

ハリドワールとリシケーシュはヒマラヤに抱かれた聖都なのだ。

リシケーシュでは、ガンジス河が激しく流れ、その両岸に、ヒンズーの修行場であるアーシュラムが林立している。

かつては、瞑想（めいそう）のハイレベルなバイブレーションにつつまれた聖なる町だったリシケーシュにも、時折銃火がまたたき、銃弾が石の壁を削るのだった。

リシケーシュから山岳地帯に入ると、洞窟（どうくつ）に住む師（グル）がいる。

バクワン・タゴールも、山地の洞窟をアーシュラムとしている老修行者だった。

バクワン・タゴールのもとには男性三名、女性二名の若い修行者がいるだけだった。

五人の若者は、みなバクワン・タゴールの血族だった。

しかし、彼らはバクワン・タゴールを肉親としての名では呼ばず、常に「師（グル）」と呼んでいた。

彼らの修行の特徴は、ヨーガやメディテーションだけでなく、武闘の訓練をすることだった。

その武術こそが、「アルハット一族」の拳法（けんぽう）なのだった。

夜明けに彼らはヨーガと、拳法の訓練をするのが習慣だった。

そのあとに深い瞑想に入り、午前の修行を終える。

年長の弟子が、修行を終え、バクワン・タゴールに近づいた。

バクワン・タゴールは、洞窟の上にある一枚岩の上で、瞑想を続けていた。

弟子が声をかけるまえに、バクワン・タゴールは目を開いた。

弟子は心配げな表情で、落ち着かない様子だった。

「どうかしたのか、ナンディー」

「瞑想の妨げをしたことをどうかおゆるしください」

「瞑想は心の平安を得るためのものだ。しかし、身近に悩む者がいる限り、心の平安は決してやってこない。悩む者といっしょに平安に至るために、私も努力しなければならない」

「ありがとうございます。先生（グル）」

「話してごらん」

「ほかでもないシーク教徒たちのことです」

バクワン・タゴールは、白いひげにおおわれた顔をナンディーという名の弟子に向けた。

純白の髪がわずかに揺れた。

ナンディーは続けた。

「彼らは、デリーの市街地だけでなく、ハリドワールやリシケーシュまでやってきているということです。おそろしいことに、彼らは銃で武装し、ヒンズー教徒たちに戦いを挑んでいるそうです」

「それがどうかしたのか」

「リシケーシュからここまでは歩いても半日とかかりません。じきに、彼らはこの山のなかにもやって来るでしょう」

「だが、まだ来てはいない。まだ起こらぬことに心を砕くのは愚かなことだ。それは歯止めが利かなくなる」

「しかし、死の危険が迫るのを放(ほう)っておくのも愚かなことではないでしょうか。彼らは、銃を持っているのです」

「シーク教徒の狙いはヒンズー教徒だ。私たちはヒンズーの神をあがめているのではない。遠い先祖『アルハット』の血脈をあがめているのだ」

「しかし、この近くの洞窟には、ヒンズーの師(グル)が何人かいます。シーク教徒たちに、どうしてヒンズー教徒とわれわれが区別できましょう」

「避けても、逃げても、起こるべきことは起こる」

「『アルハット』の血は絶やしてはならないはずです。私たちは、そのために、強力無比の拳法を伝えられているのではないのですか」

「心配はよくわかった、ナンディー」

「私たちはどうすれば……」

「考えていないと思ったかね」

「え……」

「おまえたちが危険にさらされるということは、『アルハット』の尊い血脈が危険にさらされるということだ」

ナンディーは言葉を返すことができなかった。

「どうするか——そのときがきたら、教えよう」

ナンディーは、居心地悪そうにもじもじとして、何ごとか言おうとしたが、やがて諦(あきら)めた。

彼は合掌して頭を下げ、師(グル)のもとを去った。

バクワン・タゴールはそのうしろ姿を見てつぶやいた。

「心配することはない。すでに考えておるのだ」

インド中央政府軍は、一個中隊をハリドワールとリシケーシュに駐屯させ、シーク教ゲリラ鎮圧に当たっていた。

シーク教徒過激派の出没は、マスメディアで報じられていたが、リシケーシュの街では、まるで何ごともないかのようにヒンズー教徒たちがアーシュラムを訪れる姿が見られた。

ガンジスの急流では、巡礼者を乗せた渡し舟が行き交っている。

政府軍の歩哨（ほしょう）は、小銃を手に、そんな街の風景をのんびりと眺めていた。

彼の手にあるのは、イギリス製のリー・エンフィールド No. 4Mk2だった。・三〇三口径、装弾数十発の歩兵用小銃で、第二次大戦中に開発されたものだった。

その兵士は、小さなアーシュラムのある角で仲間の歩哨を見つけて、軽いジョークを交わした。

仲間は胸のポケットから煙草（たばこ）の袋を取り出し二本引き出した。

一本を彼によこし、自分もくわえると、マッチをすった。

深々と煙を吸ったふたりの兵士は、手を振って別れようとした。そのとき、煙草をよこした兵士が、細い路地をのぞき込み、彼を呼び止めた。

細い暗い路地に、小銃が立てかけてあった。

彼らが手にしているのと同じ銃だった。

ふたりは、てっきり仲間がそこに置き去りにしたのだろうと思った。

兵士のひとりがその銃に近づき何気なく持ち上げた。

とたんにふたりの体は宙に舞い、小さな鉄片でずたずたになっていた。

彼らは、それが何かの爆発であるということを永遠に知ることはできなかった。

単純なブービートラップだった。

壁の小銃は、うんと信管を短くした手榴弾(しゅりゅうだん)のピンに細い針金でつながっていたのだ。

小銃を持ち上げたとたん、ピンが抜け、即爆発したのだった。

爆発音を聞いて駆けつけた兵士たちは、アーシュラムのなかから飛び出してきたゲリラたちの一斉射撃を浴びた。

ゲリラたちは、政府軍からうばった銃だけでなく、サブマシンガンを持っていた。

あわてて退却し、物陰に飛び込んだ政府軍の軍曹はつぶやいた。

「やつら、スコーピオンを持ってやがる」

スコーピオンは、VZ61小型短機関銃の別名だ。

世界のゲリラ戦で最も活躍しているサブマシンガンのひとつだった。

政府軍は、積み上げた土嚢(どのう)の陰から応戦を開始する。

ひとしきり撃ちまくったシーク教徒たちはさっと四方に散って行った。

道には政府軍の兵士だけが倒れていた。

ガンジス河を行く舟のなかから、年老いた修行者が、ぼんやりとその戦いの様子を眺めていた。

アムリトサルは、ムガル朝の時代から純粋にシーク教徒の町だった。

今では穏健派はおとなしく家々の戸を閉ざし、ゴールデンテンプルに根城を張った急進派が、声高に独立を叫んでいた。

ターバンに長いひげ、膝丈のズボンというシーク教徒共通の恰好（かっこう）で、ふたりの男が、アムリトサルの町を歩いていた。

背の高いほうの男はマスジット・シン少尉、肩幅が広く頑強そうな体つきの男は、シュア・ロディ准尉といった。

マスジット・シン少尉は、長い月日をかけて、このシーク教徒の本拠地に潜入した、インド政府陸軍特殊部隊の責任者だった。

シュア・ロディは、シン少尉が信頼する、きわめて優秀で屈強な部下だった。

彼らは、食事をするために町に出たようなふりをして、偵察を続けていた。

マスジット・シン少尉が囁（ささや）くように言った。

「まったく、何という町だ」

「は……」

シュア・ロディ准尉は、となりの少尉を見上げた。

「アムリトサルだよ。ここは神々が見捨てた町だ」

ロディは、無言で視線を正面にもどした。

シン少尉は感慨深げに言葉を続けた。

「パキスタン独立の際も、国境に近いこの町は銃火にさらされた。避難民はここへなだれ込み、そして殺戮が繰り広げられた」

「私はまだ生まれておりませんでした。たしか、一九四七年のことだったと記憶しておりますが……」

「私だってこの眼で見たわけじゃない。ちょうどその年に私は生まれたのだ」

ふたりの行く手に、高い塀が見えてきた。

シン少尉は、小さく顎を突き出し、その塀を差し示した。

「見ろ。ジャリアーンワーラー・バーグだ。あそこもまた受難の地だ。反英運動の集会を開いていたわが祖国の市民たちが、イギリス軍に無警告で銃殺された。一九一九年四月の出来事だ。この事件をきっかけに、わがインドの独立運動は一気に燃え上がった」

「ネールの決意……」

「そうだ。弁護士志望の一青年だったネールは、この事件を契機に、独立運動に身を投じ、初代首相となったわけだ」

「はい……」

「皮肉なものだ。インド独立にとって忘れられないこの町が、今、インドから独立しようとわが政府に銃口を向けている」

ロディ准尉は、そっと周囲を見回した。

「少尉。どこに耳があるかわかりません」

「びくびくするなロディ。そういう態度が墓穴を掘ることになるんだ。それに、人の耳を心配するなら、その『少尉』というのはやめたほうがいい」

「はい……」

「戦いというのは妙なものだ。どちらの側にも正義がある。しいたげられている民族や教徒が独立を叫ぶことが罪だとは誰にも言えない。そうは思わんか、ロディ」

「しかし……」

ロディ准尉は、気色ばんだ。「テロ行為は許されるべきではありません。特に、彼らの無差別テロは。わがラジブ・ガンジー首相は、ロンゴワルに譲歩し、話をつけようとしたのです。しかし、過激派はそれを拒否しました」

ロンゴワルは、シーク教徒の穏健派政党「アカリ・ダル」の総裁だった。

ラジブ・ガンジーが提案したパンジャブ州自治権拡大に合意したロンゴワルは、裏切者として、同じシーク教徒の過激派に暗殺されたのだった。

シン少尉はほほえんだ。

「心配するな、ロディ。私はやる気をそがれたわけじゃない」

ロディは、わずかに姿勢を正した。

「失礼しました」

「問題は、例のゴールデンテンプルだ」

「はい」

「死ぬのはこわいか」

「いいえ」

「嘘(うそ)はいかんぞ。死をおそれぬ者はいない。私は、死ぬことがおそろしい。しかし、もっとおそろしいのは、任務を遂行できずに無駄死にすることだ」

「同感です」

「よし」シン少尉は歩調を変えず、正面を見すえたままで言った。「誰も見たことのないランジート・シングとやらの正体を、われわれがあばいてやろうじゃないか」

ロディは無言でうなずいた。

9

首都圏の雪は夜が明けても止む様子はなかった。

積雪は、横浜三十五センチ、八王子三十センチ、熊谷(くまがや)二十センチ、東京十八センチと、いずれも記録的なものとなった。

国鉄のダイヤは、ポイント凍結のため、大幅に乱れていた。京浜東北線、東海道線、横浜線、埼京線などで百三本が運休、千百十二本が遅れ、約三十万人の足に影響が出ていた。

首都高速は、昨夜より大部分の入路が規制されていた。

神奈川県内では箱根新道が全面通行止めとなったほか、小田原―厚木道路など県西部の主要幹線道はいずれも通行止めとなった。

また、都内一般道では、スリップによる事故が続発、主要道のラッシュに拍車をかける形になった。

昨夜から今朝にかけて、歩行中に転倒してけがをした人は二百十一人にのぼった。骨折した人も少なくなく、救急車要請がひっきりなしだったため、一時的に救急体制が混乱した。

片瀬直人は、布団から起き出して、窓の外を眺めていた。

部屋のなかは冷えびえとしていたが、片瀬は気にしなかった。彼はいかにもひ弱そうな見かけに反して、どんな暑さや寒さにも平気な体質をしていた。

幼い頃、祖父に鍛えられたおかげだった。

松田春菜が、寝室から現れた。

「おはようございます。まだ降っていますね」

「すぐにコーヒーをいれますから」

彼女はリビングルームに敷かれていた片瀬用の寝具を片付け、ガスストーブに点火した。

春菜は、片瀬のために新聞を取ってきてくれた。一面に記録的な大雪の記事と並んで、負けぬほどの大きさで「首相入院」の記事が載っていた。

片瀬は驚き、その記事を念入りに読んだ。

春菜が、コーヒーの入ったマグカップをふたつトレイに載せてやってきた。あたたかな芳香が部屋に満ちる。まるで幸福な恋人同士が迎える朝のような光景だ。

だが、その安らいだ雰囲気は片瀬の一言で消え去った。

「首相が入院したという記事が出ています。心筋梗塞(こうそく)だそうです」

「何ですって……」

「昨夜、救急車で病院に運ばれ、現在は面会謝絶になっているということです」

「どういうことなんでしょう……」

片瀬は新聞から眼を上げ、春菜の顔を見た。

ふたりは、しばらく無言でお互いの顔を見合っていた。

片瀬が言った。

「とにかく、首相は、首相官邸から外へ出たということです」

「心筋梗塞で入院……本当にそうだと思いますか」

「さあ……起きても不思議はないことですから……」

「もし、首相が倒れたのが嘘だとしたら、首相を官邸から外へ出す理由がなくなります。どんな病院よりも、官邸のほうが警備はしやすいはずですから」

「そう。もし嘘だとしたら……」

片瀬は考え込んだ。

「これで、松田速人の計画は無駄になったということですね。心筋梗塞で倒れたとなると首相の政治生命もこれまでということに……」

「いや、ひとつだけ考えられることがあります。救急車は首相ではなく別の人を運んでいたということもあり得ます」

春菜は目を見張った。

「……ということは……」

「そう。松田速人がやってのけたのです。救急車やこの記事は、『首相誘拐』を隠すためのカムフラージュです」

春菜は唇をかんでいた。

片瀬は、小さくかぶりを振った。

「だけど、あくまで、その可能性があるというだけの話です。確証は何もありません」

「確かめてみましょう」

春菜は電話に手を伸ばした。

「どうするんです」

「下条泰彦を何とかつかまえるのです。いずれにせよ、松永さんの件で話をしなければなりません」

「電話番号は……」

「総理府にいる友人に調べてもらいますわ。本人に直接つながらなくても、伝言くらいはできるはずです」

彼女は、ダイヤルを回し始めた。


陣内は下条の指示を受け、警察庁と警視庁に直接出向き、首相誘拐の特別捜査班を組織させた。

警視庁は、刑事部から腕利きの刑事六名を派遣してきた。彼らは、一課から四課までのいずれにも属さない遊軍刑事だった。

普段彼らは、書類の作成や整理に明け暮れている。しかし、それはあくまで表向きの姿だった。

捜査課に属している刑事は、記者たちに顔が割れており、機密の保持が難しい。

夜、一杯飲みに行くときでも、「夜回り」と称して新聞記者たちがついて回り、話を聞き出そうとするのだ。

徹底した秘密主義を貫こうとすれば、記者が興味を示さない——ごく目立たない捜査員が必要になってくる。

遊軍刑事という連中がいるらしいということは、各社の記者も知ってはいたが、何をやっているのか、どの刑事がそうなのかといった具体的なことは徹底的に秘匿されていた。

彼らは、特殊な事件の際に、あくまで臨時に組織されるのだ。

警察庁は、指揮に当たる警察官僚を一名派遣してきた。

舟越章吾（ふなこししょうご）という名で、年齢は陣内と同じく三十六歳だった。彼は東大卒業のエリートで階級は警視だ。

警視庁からやってきたベテランたちのなかでは、板橋俊夫（いたばしとしお）という刑事の警部が最高の階級だった。板橋警部は、舟越警視より十歳も年上だった。

陣内は、警察庁から内閣情報調査室に出向していた。この仕事は、彼にうってつけと言えた。

陣内平吉は、彼ら七名を総理府の会議室に集め状況説明（ブリーフィング）を始めた。

七名の特捜班は、なぜ組織されたのかまだ知らされていないのだ。

陣内は、その朝の新聞をひろげて言った。

「この記事はすでに目を通したことと思う。首相が心筋梗塞のため昨夜、救急車で運ばれ、入院した。現在、面会謝絶となっている」

あの夜、襲われたSPは、頭からすっぽりと毛布をかけられ、救急車に乗せられた。そのまま、信濃町(しなのまち)にあるK大附属病院に運び込まれたのだ。

記者発表においては、それが「首相入院」ということになっていた。

「首相は誰かに襲撃されたのですか」

比較的若い刑事が質問した。

「いや。そんな事実はない。なぜそう思うんだね」

陣内はいつもの半眼をその若い刑事に向けて逆に尋ね返した。

「犯罪でなければ、われわれが出てくる必要はないでしょう」

「それにだ」

最年長の板橋警部が陣内を見すえて言った。

「その新聞には『心筋梗塞』と書かれてある。あんたも、今、そう言った。だが、俺の聞いたところじゃ、首相がかつぎ込まれたのは脳神経外科だってことだぜ」

「ほう……」

陣内はわずかに眉を動かした。「さすがですね。よくそんなことをご存じだ」

「蛇の道は……ってやつでね」

「だが、あなたがたの考えていることより、事実はさらに重大です。私は、今、新聞に発表されたことを確認したまでです。いいですか、世間に公表されているのは、この新聞記事の内容がすべてです。今後、あなたがたは、いかなる人物にも、これ以上のことを知られぬよう行動してもらわねばなりません」

「わかってるよ、役人さん」

板橋警部が言った。「早いとこ本題に入ってくれ」

陣内は、板橋の顔を見ながら言った。

「総理大臣が誘拐されました」

板橋は一瞬何を言われたのか理解しかねるといった様子で陣内を見返していた。

残り五人の刑事たちも同様だった。

次の瞬間、彼らの顔色は、みるみる失せていった。

ただひとり、警察庁の舟越警視だけは平然としていた。

彼はこの陣内の言葉を予想できる立場にあった。

数日まえから続いている永田町一帯の、厳重な警備の理由を、彼だけは知っていたのだった。

「一週間まえに、犯人からの予告がとどいていました。犯人の名は、松田速人。どうです、この名に聞き覚えはありませんか」

陣内は一同を見わたした。

刑事たちは、ひそひそと囁き合っていた。

「思い出しました」

さきほどの若い刑事が突然、大きな声を出した。

「東京大地震の際、ゲリラ事件を起こした主犯だ」

陣内はうなずいた。

「そのとおりです。彼は、方法を変えて、またやってきたというわけです。これは、わが政府に対する警察に対する挑戦です」

「そして警察に対する挑戦だ」

板橋警部がいまいましげに言った。

「要求は」

舟越警視が尋ねた。「犯人の要求は何です」

「勾留中のゲリラ——十名の彼の仲間の釈放です」

「ジレンマですね」

舟越警視は言った。「首相誘拐の事実は、社会的、政治的影響を考えると秘匿せざるを得ない。そうなると、十名のゲリラを釈放する説明が世間に対してできないということになります」

「それは、こちらで考えます。そこまで君たちに押しつけたりはしません」

陣内はのんびりとしたいつもの口調で言った。

「ほかには……」

「今、この場で発表できるのはそれだけです」

「仲間の解放だけが要求だとしたら、誘拐の獲物が大きすぎますね」

「あなたの言うとおりです、警視。あとは高度な政治的な取引に属する問題です。それは、たとえ、相手があなたがたであっても話すわけにはいかないのです」

「わかりました」

警視はうなずいた。

「俺は納得できないね、役人さん」

板橋警部がぐいと身を乗り出して、陣内を睨んだ。「あんたは知らんだろうがね、どんなことが捜査の手がかりになるかわからないんだ。犯人の要求というのは、誘拐犯を捕える大きな糸口なんだよ」

「捜査に必要なことは、すべてこちらの舟越警視を通じてお伝えします。しかし、これはただの営利誘拐ではありません。そこのところをご理解いただきたい。あなたがた七人の任務は、総理の行方を追うことです。全力を挙げて、総理の居場所を発見してください。総理がいったいどうやって、首相公邸から連れ去られたのか——。そして、どこへ行ったのか——それをつきとめるのが、あなたがた七名の仕事です」

「そこまででいいんですね」

舟越警視は念を押した。

陣内は、はっきりとこたえた。

「そうです。それ以上は、別の組織がやることになります。総理救出には、たぶん、自衛隊のレンジャーが当たることになるでしょう」

「犯人逮捕はどうなる」

板橋警部が低い声で言う。「犯人を逮捕するのがわれわれの本来の職務だろう」

「まずは総理の発見。それが最大のポイントです。そのあとのことは、事態が動きしだい追って指示します。以上です」

陣内は席を立った。

「一つ言っておきたいことがある」

板橋は陣内に向かって人差指を突きつけた。「俺たちはあんたのような役人とは違うんだ。俺たちには、俺たちのやりかたがある」

「よしたまえ」

舟越警視はおだやかに言った。

「しかし……」

「この人を誰だと思ってるんです。警察庁から出向されている陣内警視正ですよ」

警視正と聞いて、板橋は絶句した。

ほかの刑事たちも目を丸くしている。

警察の階級制は、自衛隊よりもきびしいと言われている。

警視正は、警部の二階級上だ。一般に警視正というのは、警察庁の課長補佐、県警では本部の部長、または大きな警察署の署長の役職につくくらいの階級なのだ。

板橋は、苦い顔でつぶやいた。

「失礼いたしました」

陣内は何ごともなかったように、眠たげな表情で退室した。


自分の席にもどった陣内は、すぐに、石倉室長に呼ばれた。

「状況を説明してくれ」

陣内が室長室にやってきて、ドアを閉めるなり石倉室長は言った。

「警視庁から六名の刑事を派遣してもらい、特別捜査班を組織しました。捜査班の指揮をとるのは警察庁の舟越章吾という男です」

「優秀な男かね」

「きわめて優秀です。階級は警視です。彼ら七人は特別に、首相公邸に随時出入りできる権限を与えられました。昨夜から、犯行現場は完全に保存されております。特別捜査班はすぐに捜査を開始するでしょう」

「七名とは、人数が少な過ぎやしないかね。もっと大人数を動員したほうが……何せ、ことがことだ」

「これ以上派手に捜査員が動くと、首相誘拐の事実がマスコミに知られることになりかねません」

「なるほど……。その件は君たちの専門だ。君にすべてまかせるよ」

「心得ました」

「わが情報調査室は、下条くんの危機管理対策室と完全な連携プレイをとることになった。下条くんと連絡を絶やさぬようにしてくれ」

「はい」

「そして、これを言っておきたかったんだが、君と下条くんの間で話されたことは、すべて室長であるこの私に報告するんだ。いいね」

「もちろんです」

陣内は平然と嘘をついた。

「それだけだ。仕事にもどりたまえ」

陣内は一礼して退出した。

彼は、心のなかでつぶやいていた。

(下条秘書官と私の間で話されたことを、すべて報告しろ、か……。そいつばかりはできない相談だ)


危機管理対策室は、官房長官室の左隣の小部屋に設置されていた。

室内はいかにも間に合わせの改装をしただけという感じだった。

室長の部屋も、ドアがひとつついた既製の間仕切りで作られているに過ぎなかった。

普段、下条泰彦は、首相執務室のとなりにある秘書官室にいることが多かったが、昨夜からは、この粗末な部屋にずっと詰めていた。

首相官邸が、建て直されるという計画が進められており、この部屋は、あくまでも、新官邸完成までの、臨時のものだった。

危機管理対策室のスタッフは、情報調査室と同様に、ほとんどが警察庁、外務省、そして厚生省からの出向だった。

厚生省からこうした機関への出向があると聞くと、特に若い官僚などは首をかしげたりする。

しかし、厚生省は、戦前、内務省内で、警察と並んで治安維持の双璧を成していたのだ。現在でも、その伝統が残っているというわけだ。

情報調査室のスタッフが約百人と大所帯なのに対し、こちらは、その約一割の十二人で構成されていた。

下条泰彦が徹底した少数精鋭主義と作業分担政策を貫いたのだった。つまり、必要な情報は、必要な省庁に調べさせ、また、解決すべき問題は、当該の省庁を動かして片付ければよいというわけだ。

室内にものものしいファイルや機器は見当たらない。各スタッフの机の上に、電話と、コンピューターの端末があるだけだった。

下条は、部屋とも呼べないような室長室で長い電話のやりとりをしていた。電話の相手は法務省の事務次官だった。勾留中の、松田速人の手下十名に関する相談をしているのだった。

法務省は、問題の扱いに苦慮していた。

下条は、首相の身の安全を確保するためには、彼らを解放すべきだと一貫して主張した。

間仕切りに取りつけられているドアがノックされた。

「とにかく、よく検討して早急に結論を出していただく。われわれも方法については考慮しよう。では、また連絡する」

下条は電話を切って、ノックの主に入室をうながした。

室員のひとりが姿を見せた。

「何だね」

「妙な電話が、二本、室長あてに入っていまして……。とりあえず、報告だけはしておこうと思いまして……」

「どこからだ」

「一本は、警視庁の公安部から。もう一本は、民間人からなんですが……」

彼は、小さなメモ用紙をのぞき込んだ。

「公安からの用件を、まず聞こう」

「室長が、何かの目的で身分を隠した諜報員のような人間を動かしているか——そういう問い合わせです」

「何のことだ……。詳しく聞いたか」

「はい。実は、公安の警官が、昨夜首相官邸そばで不審な男を発見。職質しようとしたところ、抵抗したので逮捕し、身柄を麴町署で拘束しているとのことなんですが、この男が、室長を呼べと繰り返しているそうなのです」

「私の名を言ってか」

「はい。そのようです。その男の名は松永丈太郎といい、年齢は三十歳から三十五歳の間……」

「もういい」

目を上げた室員は、いかにもおもしろそうにほほえんでいる下条の顔を見た。

「は……」

「その件は、わかった。もうひとつのほうを聞かせてくれ」

「こちらは、まったくわけがわかりません。室長あてに、名指しで、ここに直接かかってきたのですが……」

「内容は……？」

「いいですか、伝言をそのまま伝えますよ。『アラハットリのカタセが、下条泰彦室長と直接話をしたいと言っている。重要な用件だ。アラマツダ』——何のことだかわかりますか」

下条は、小さくうなずき、手を出した。

室員はメモ用紙を手わたした。

「よく無視せずに知らせてくれた」

下条は言った。「今後もその調子でたのむよ。何が重要で何がそうでないかは、当事者にしかわからんものだ」

「はい」

室員はドアの外へ出て行った。

下条は、メモ用紙をしばらく眺めていたが、やがて、電話に手を伸ばしてダイヤルをした。

彼は受話器に向かって言った。

「陣内か。至急こちらへ来てくれ。思ったより早く、獲物がひっかかったようだ」

10

官房長官は、緊急閣議を開くため、まず、官房副長官に、事務次官会議の召集を命じた。

事務次官会議は、閣議の前日に開かれるのが通例となっている。この会議には、警察庁長官と法制局次長なども出席する。

閣議は、事務次官会議の決定を承認するためだけの形式的な集まりだとさえ言われている。

つまり、事務次官会議こそが、事実上の国の最高意思決定機関なのだ。

各省庁の事務次官に首相誘拐の事実が知れわたることになった。

事務次官こそがエリート中のエリートだ。彼らは我を忘れて取り乱したりするようなことは決してなかった。

彼らは自分が何をすべきかを、常に正確に判断できる、数少ない人種に属しているのだ。

各省庁の事務次官は、松田速人配下のゲリラを釈放するか否かという問題を突きつけられ、一様に、自分の上にいる大臣の立場を思いやっていた。

当然、派閥による思惑がからんでくる。

会議を進行している官房副長官は、午後三時までには、話し合いの結果を、待機している閣議の場に持ち込まなければならなかった。

話し合いは思うように進まなかった。

官房副長官は時計を見て、いら立ちのしぐさを示した。


陣内が入室すると同時に、下条は言った。

「松永と片瀬が、けさ、この部屋で鉢合わせしたよ」

「どういうことですか」

下条は、二本の電話の件をかいつまんで話した。

陣内の表情は変わらなかった。

「どうしたらいいと思うね。このまま放っておくか、それとも……」

「巻き込んでしまうべきです」

陣内はのんびりとした口調ながら、きっぱりと言ってのけた。「彼らとお会いになるのがよろしいでしょう」

「やはり、君もそう思うかね」

「はい。彼らこそが——片瀬直人こそが問題の核心なのです。松永というのは、あれでなかなか油断のならない男です。松永と、荒服部と荒真津田——この連中が集まれば、首相誘拐の事実を嗅ぎつけても不思議はないでしょう」

「おそらくな……。そして、その犯人が松田速人であるということもつきとめるだろう」

「今、思い出しましたが」

陣内は思案顔で言った。「自衛隊が妙な報告を送ってよこしました。山の奥深くで、暗闘や、集団の大移動などの痕跡が目撃されているのです。山で異変が起きています。おそらく、松田速人が動き回っているのでしょう。松田啓元斎や片瀬が山の異変に気づかぬはずはありません」

「彼らはすでに、そうとう詳しく今回の出来事を知りつつあるということになるな」

「秘書官に会いたいと言ってきた理由はそこにあると思いますね。つまり、彼らは松田速人が首相を誘拐したのではないかと疑っている段階にあるのです。その事実を確認したいのでしょう」

「教えるべきかね」

「はい。あくまでも私たちは片瀬の味方を装うのです。そうしておいて、彼らをわれわれの手中に置いておく……。彼らに勝手に動かれるより、そのほうがずっと対処しやすいはずです。何より、彼らの動きをすべてつかむことができるのですからね」

下条は深く溜め息をついた。

「片瀬や松永は、言ってみれば二度、われわれに協力してくれたことになる。服部宗十郎を倒すことができたのも、松田速人の前回の計画を叩くことができたのも、彼らのおかげだ。私たちは、今、その彼らを裏切ろうとしている」

「下条秘書官。われわれにはわれわれの目的があるのです」

「わかっている。だがな、陣内、私は人の道に外れるようないやな気分であることは確かなのだ」

「私がそうでないとでもお思いですか」

下条は、眼を上げて、まじまじとかつての部下の顔を見つめた。

常に不気味なほどの冷静さを保っている陣内平吉から、初めて人間味のある言葉を聞いた気がした。

下条は眼をそらした。

「わかった。われわれは、目的が最優先される立場にある。片瀬たちに会おうじゃないか。松永は、私が動かしていたエージェントだということにしておこう。警視庁は抗議してくるだろうが放っておけ。両方に連絡して、話ができるよう段取りをつけてくれ。すべて、君の情報調査室でできるな」

「もちろんです。彼らとの会見には、私も出席しましょう」

「そうしてくれ」

陣内は、一礼して退出しかけた。

「それともうひとつ──」

下条の声に陣内は呼びもどされた。

「何でしょう」

「君のところのスタッフで、手製の迫撃砲などを作れる者はいるかね」

「何だってやってごらんにいれますよ」

「大至急二、三発作って、松田一派が勾留されている拘置所にぶち込んでくれ」

「脱獄させろと……」

「そうだ」

「しかし、迫撃砲を撃ち込んだくらいで、彼らが脱獄できるとは思えませんが」

「法務省に手を回して、手引きさせるのさ。迫撃砲の爆発は、そのカムフラージュにすぎない。拘置所の関係者に言い訳の材料を提供してやろうというのだ。閣僚たちの返事を待っていたんじゃラチがあかん」

「なるほど、脱獄ですか……。世間には疑問を抱かせることなく、松田速人の要求にこたえることができる――それが唯一の方法かもしれませんね」

「急いでくれ」

「わかりました」

陣内は顔色ひとつ変えなかった。

板橋警部を班長とする特捜班は、二人ずつ三組に分かれて、密かに官邸の周辺を捜査していた。

永田町周辺の警備は、通常のレベルに戻され、多くの警察官は、首相が入院したとされている病院へ移動させられた。彼らは、首相が本当にそこにいるものと信じ込んでいた。

特捜班は、首相誘拐を知らされている人間とそうでない人間のリストを作り上げ、厳重にチェックした。聞き込みに際しては細心の注意が必要だった。

板橋警部は相沢という名の若い刑事と組んで、公邸内を検分していた。

ふたりには、舟越警視がぴったりと付きそっていた。

板橋警部は、首相官邸に足を踏み入れたとたん、おかしな気分に襲われた。

何かが覆いかぶさってくるような、重苦しさを感じたのだった。

思わず彼は、天井を見上げて、視線を巡らせた。

その重圧感が、公邸へやってきた今も、ずっと続いているのだった。

番記者たちが、官邸内をうろうろしていたが、板橋たちに注意を向ける者はほとんどいなかった。

板橋たち三人は、それほど目立たぬ恰好をしていた。

首相官邸には、平常時でも、平均二百五十人ほどの来客があると言われている。記者たちも、よほどの著名人が現れない限り、気にしていられないというのが実情だった。

板橋は、公邸を見回っていて、不意に重圧感の正体に気づいた。

それは、長年にわたって蓄積された、権力とそれにまつわる怨念に違いなかった。

板橋は、そんなものに、これまで鍛えてきた勘と判断力を狂わされてなるものかと思った。

彼は、いつもより冷静に、そして事務的に作業を進めていった。

検分には五十嵐という一番年長の秘書官が立ち会った。

彼は、公邸の寝室が、考えていたよりずっと質素なのに驚いた。

彼は素早く全体を眺め、何か気になるところはないか確かめた。

犯罪の現場には、必ず不自然なところがある。それは、日常見慣れた風景の調和を乱しているものだ。

どんなに乱雑な部屋でも、調和がとれているように見える場合もあるし、きちんと整頓された部屋でも、なぜか不調和を感じる場合がある。そして、その不自然さのなかに、犯人が残していった手がかりが隠されているのだ。

ベッドは乱れているというほどではなかった。

一度ベッドに入り、眠るまえにまたそこを出たといった程度の乱れだった。

窓には内鍵がかかっている。

部屋のなかで争った跡はなかった。

板橋警部は、五十嵐秘書官に尋ねた。

「この窓は、首相がいなくなって最初に見たとき、確かに鍵がかかっていたのですね」

「はい。それは官房長官が確認しています」

板橋は、窓の外を見た。息が白く窓を曇らせる。

窓からは、雪をかぶった枯山水の日本庭園が見えた。

「首相の失踪が発見されたとき、雪は降っていましたか」

「はい。ひどい降りでした」

「足跡が残るはずだな……」

板橋はつぶやいた。

五十嵐は聞き返した。

「いやね、誘拐犯が首相を連れて外に出るには、必ずこの官邸と公邸の敷地内を歩いたわけでしょう。雪が積もり始めていたのなら、その足跡が絶対に残っていたはずでしょう」

「もちろん、それはすぐに調べました」

「ほう……。それで……」

「なかったのですよ」

「なかった？」

「はい。そのような足跡は一切なかったのです」

板橋は思案顔で廊下に向かった。

寝室の戸口に立ち、廊下を指差した。

「ＳＰはここに倒れていた。そうですね」

「そのとおりです。そこに残してある、チョークの人型のとおりですよ」

「いつもいるんですか、ＳＰが寝室の外に」

「いえ、公邸の部屋のまえまでは、いつもはやってきません」

「争っているような音を、誰(だれ)か聞きませんでしたか」

「いいえ」

「誰も？」

「はい。あの夜は、雪が降っていたこともあり、ことのほか静かでした。みんなが最初に聞いた大きな音というのは、お手伝いの悲鳴だったのですよ」

「おかしいですね」

板橋警部は、ゆっくりと廊下にいる舟越警視の顔を見た。

「何がだね」

舟越は尋ねた。

「理屈に合わないことだらけだ」

板橋は言った。「犯人の足跡も首相の足跡もなかったという。じゃ、彼らはどうやって外に出たんだろう。廊下を伝って官邸まで行き、正面から出れば確かに足跡は雪の上には残らないでしょう。しかし、そうなると、記者だの警備の警官だのＳＰだのに必ず見つかってしまうはずでしょう」

そこで思いついたように板橋は五十嵐に尋ねた。

「正面か、公邸の出入口付近に車はいたんですかね。そう……。首相が公邸へ戻った時間から、失踪が明らかになるまでの時間です」

五十嵐は、電話を取り、各所の守衛所に確認した。

「その時間には、来客の車は一台もなかったそうです。SPの乗るパトカーがありましたが、それは、けさも同じ場所にあります」

板橋は、舟越をかえりみた。

「車もない。大人ひとりを誘拐するのには、常識で考えれば、車は不可欠だ」

「どこか、離れたところに駐めてあったのかもしれん」

「そこまで首相をどうやって連れて行くんです。あの夜、このまわりは警察官だらけだったんですよ」

「そうだな……。だが不可能ではない」

「考えられませんよ」

板橋はにべもなく言った。「それに、SPです」

「SP」

「どうしてこんなところに倒れていたんでしょう」

舟越は、板橋の言おうとしていることに、すぐに気づいて考え込んだ。

板橋は舟越に半歩近づいて話し始めた。

「五十嵐秘書官の話だと、普段SPはこんなところまではやって来ない。けがをしたSPは何かの理由があってここまで来たのです。いちばん考えやすいのは、首相と誘拐犯が争う物音です。寝室内で人のもみあう音が聞こえたら、SPは何をおいても駆けつけるでしょう。しかし、SPが気がついたのなら、ほかの人も当然その物音に気づいたはずです。だけど、五十嵐秘書官は言われた。誰も物音は聞かなかった、と。そう。争いなど起きなかったのです。それは、寝室のなかの様子を見ればわかります。じゃあ、なぜ、あのSPはここへ来たのか……。まったく理由がわからない」

「君の言うとおりだ。SPが、たまたまこんな場所を通りかかるはずもない」

板橋は廊下の奥へ歩き出して言った。

「相沢。今、俺が言ったこと、全部メモしただろうな」

「はい」

若い刑事がこたえた。

板橋は、すでに次の部屋を嗅ぎ回っていた。

五十嵐秘書官が、あわてて板橋警部と相沢刑事のあとを追った。

舟越警視は、板橋が入っていった日本間の入口をじっと見つめながらつぶやいた。

「彼の言うとおりだ。確かにこの誘拐は理屈に合わない」

麴町署の留置場は適温に保たれているはずだが、松永には寒く感じられた。

多分、心理的な作用だろうと松永は思った。

制服警官がやってきて、鉄格子の扉の鍵を開けた。

松永は、うんざりした気分になった。森という名の公安部の警官が、また拷問まがいの取り調べを始めるものと思ったのだ。

制服警官は松永に手錠をかけなかった。

彼は、留置場出口のカウンターで、ベルトとネクタイを返された。

「どういうことだ」

彼は、そばに立っていた制服警官に尋ねた。

「正体がわかったんだよ、犬っころ」

松永の背の方向から声が聞こえた。彼は振り返った。森巡査部長が立っていた。「下条泰彦があんたの身分を証明してくれたよ。これからすぐに会いたいということだ。この俺が、あんたを総理府まで送りとどける名誉な運転手役をおおせつかったんだ。ちくしょうめ」

松永は笑い出したいのをこらえていた。はったりがこうまでうまくいくとは思わなかった。

森は、覆面パトカーで松永を総理府まで送った。

車が到着するまで彼は一言も口をきこうとしなかった。

車を降りて松永は言った。

「今度会うときは、警察手帳を置いてこいよ。いつでも相手になってやる」

松永は森が言い返すまえに勢いよくドアを閉めた。

そのまま総理府のなかへ歩を進める。彼のうしろで、森の車のタイヤが激しく雪を蹴散らす音が聞こえた。

「しばらくだな」

松永は、案内された会議室に片瀬がいるのを見て言った。

「松永さん」

驚きの声を上げて立ち上がったのは松田春菜だった。

片瀬が言った。

「これから下条さんに会って、松永さんのことを相談しようと思っていたんです。でも、その必要はなかったようですね」

「公安の私服にブラフをかましてやったんだ。下条を呼べってね。そいつが効いたようだ」

「何て人なの。あなたのことを心配する人間は、みんなばかを見そうね」

「俺だって、こんなにうまくいくとは思ってなかったさ。笑いをおさえるのにひと苦労したよ」

松永は、そこまで言って声を落とした。「だが、喜んでばかりいた自分の愚かさに、今気づいたよ。あんたらは下条に会いに来たと言ったな」

「そうです」

片瀬がうなずいた。

松永は思案顔で言った。

「俺たち三人を集めてどうする気だろう。直接あいつが出向いてくるとなると、何かたくらんでいると考えたほうがいいかもしれないな」

「あきれたわ」

春菜が言った。「あなたを留置場から出してくれた人よ。下条泰彦の気分次第で、あなたは起訴されていたかもしれないのよ」

「あいつが俺たちと友好関係にあるとでも言いたいのか。下条が信用できないと言っていたのはあんたのほうだったはずだ」

「私たちが会いたいと言ったら、時間を取ってくれることになったわ。あなたの身分も保証してくれた。過去に私たちは、二度、彼らと手を組んでいる。友好関係にあると考えて悪い理由はないわ」

「……だといいけどね。ところで、俺が留置場から出てきたからには、もう下条には用はないんだろう」

「いいえ。本題は例の件よ」

「首相の一件か」

「あなたは、留置場にいたから知らないでしょうね」

春菜は、首相入院のニュースと、それについて片瀬と話し合ったことを伝えた。

「ふん」

松永は一日そりそこねたひげをこすった。

彼は片瀬を見た。

「多分、片瀬の推理は当たっているだろうな。だとしたら、下条は絶対に本当のことは言わないだろうぜ」

「やるだけやってみるわ」

春菜は言った。「もとはと言えば、これは真津田一族の問題なのです」

「そして」

片瀬は言った。「松田速人の本当の狙いは、この僕のはずなのです」

松永は、おし黙った。

彼は片瀬と春菜を交互に見つめた。

ふたりから視線をそらすと、彼は言った。

「そうか。そうだったな」

そのとき、ドアでノックの音がした。

11

会議室のドアがさっと開くと、下条泰彦が現れた。

うしろに陣内平吉をしたがえている。

長円形のテーブルをはさんで、彼らは、三人と向かい合った。

下条が三人を順に見わたして言った。

「そのせつはどうも。ご無沙汰しておりますが、お元気そうで何よりです」

松永が言った。

「あんたに礼を言わなくてはならない」

「ほう」

下条がほほえんだ。「ずいぶんと礼儀正しくなったものですな」

「公安の私服がたっぷりと説教してくれたんでね」

「礼にはおよびません。私は事実を言ったまでです。あなたは確かに過去に二回、私のために働いてくれました」

「勘違いしないでほしいな。あんたのために働いたわけじゃない」

「結果的にそうなりました。感謝しているのですよ、私は」

「それは、貸しがあるという意味かい」

「いいえ。言ったとおりの意味です。さて、片瀬くん。私に話があるということだったね。申し訳ないが、私にはあまり時間がない。さっそく本題に入ろうじゃありませんか」

片瀬はうなずいて言った。

「話というのは、総理大臣に関することです」

片瀬ら三人は、下条と陣内の表情の変化を読み取ろうとしていた。

しかし、下条も陣内も眉ひとつ動かさない。

下条は言った。

「ほう……。総理がどうかしましたか」

「僕たちは、総理大臣が誘拐されたのではないかと考えています。そして、その犯人は、松田速人なのではないか、と……」

「どうしてそう考えたのです」

片瀬は、松永と春菜が話し合ったことや、春菜と自分がともに考えた事柄などを整理して話した。

「ワタリの民同士の内乱が起きていると言われるのですか」

下条が無表情に尋ねた。

「知ってたんじゃないのかい」

松永が言った。

「私たちが……。とんでもない」

「松田速人が、徐々に勢力を拡大しているのかもしれない。相互銀行で動かされた巨額の金は、おそらく松田速人の軍資金なのではないかと思っているがね……」

「相互銀行といえども、利益を考えずして個人に巨額な金を融資したりはしないでしょう」

「真津田ならできるさ。真津田の子孫を名乗る人たちの預金だけでもたいへんな額になるはずだ。そのなかには、このお嬢さんの預金もあるはずだがね」

「もとは、冠婚葬祭のための無尽のようなものだったのです。私たちは預金を義務づけられているのです」

松田春菜が補足した。

「なるほどね……」

「僕たちが不自然だと感じることは、ただひとつの事実が明らかになれば、すべて説明がつくのです。それが、首相誘拐なのです」

片瀬が言った。下条はなおも顔色を変えようとしない。

「君たちは新聞を読んでいないのかね。総理は公邸で心臓の発作を起こされ、救急車で大学病院へ運ばれたんだ」

「僕たちは、こう考えています」

片瀬は言った。「救急車で運ばれたのは、おそらく総理大臣ではなかっただろうと……」

下条はおし黙った。

陣内が、その耳に何ごとか囁いた。

下条はうなずいた。

「あなたがたにはすべてをお話ししたほうがよさそうだ。確かに救急車で運ばれたのは、総理ではありません。総理の警護に当たっていたSPなのです」

「首相はどうなったんだ」

松永は尋ねた。

「あなたがたがお考えのとおり、誘拐されました」

「松田速人が誘拐予告をしていた。永田町一帯の物々しい警備はそのためだった――そうだな」

下条は松永に向かってうなずいた。

「そのとおりです」

「要求は。松田速人の要求は何なんだ」

「勾留中の十人の手下の解放です」

「それだけじゃないだろう。政治的な取引を申し出てきたはずだ」

「そのとおりです。しかし、具体的な内容については、いくら相手があなたがたでも教えるわけにはいきません」

「そんなことだろうと思ったよ」

「ここまでがぎりぎりの譲歩なのですよ。本来なら、われわれはあなたたちを、首相誘拐の事実を知った時点で、拘禁しなければならない」

「なぜそうしないんだ」

松永が、鋭く下条を見つめた。

「もっといい方法があるからですよ。私たちは、もう一度手を組むべきです。そうは思いませんか」

松永は片瀬の顔を見た。片瀬は何も言わなかった。下条は片瀬を見た。

「すでにおわかりのはずです。松田速人はワタリの民の頂点に立ち、その権力を後ろ楯に表側の政治にも手を伸ばそうとしているわけです。いわば、自分こそが服部宗十郎の権力を受け継ぐ者であると考えているのです。前回の東京大地震ゲリラ事件のときから、その考えは変わっていません。首相誘拐も、そのための手段のひとつに過ぎないのです。

そして、服部宗十郎の権力を受け継ぐためには、どうしても邪魔な人間がいる。この人物がいる限り、いくらワタリの民を武力や金で制圧しても何にもならないのです。それは、荒服部の王である、あなた、片瀬直人くんなのですよ」

片瀬はうなずいた。

下条は続けて言った。

「松田速人が勾留中の仲間を解放しろと言ってきた理由は明らかです。鍛え上げた自分の手下を使って、あなたを葬り去ろうというのです」

「できっこないわ」

松田春菜が言った。「片瀬さんは荒服部の王よ。格が違うわ」

「確かにあなたがたの世界ではそうでしょう。しかし、私に言わせれば、片瀬くんはきわめて危険な状況にさらされていると見なければならないでしょうな」

春菜は言葉を失った。

「どうです」

下条は片瀬に向かって言った。「もう一度手を組みませんか。私たちを味方にして損はないはずだ」

片瀬は眼を伏せて、じっと思案していた。

彼は顔を上げると下条に尋ねた。

「もしかしたら、あなたがたは、松田速人の居場所を知っているんじゃありませんか」

「残念ながら」

下条は言った。「彼の行方はわかっていません。したがって、首相がどこに連れ去られたかもわからない状態なのです」

「春菜さんの話だと、東京大地震以来、松田速人は姿を消しているということです。荒真津田のネットワークをもってしても発見できないのです」

「ほう……」

「首相誘拐の予告や、仲間の釈放の要求は、松田速人本人から受けたのですか」

「総理が直接電話で受けました。まちがいないと思います。今、われわれは全力で総理と松田速人の行方を追っています。われわれの捜査網に、あなたがたのネットワークが加われば、松田速人を発見できる可能性はさらに増すわけです」

片瀬は、松永と春菜の顔を見た。

松永は釈然としない顔をしている。

片瀬は言った。

「わかりました。協力しましょう」

下条は、ほほえんだ。眼だけは笑っていない。彼独特の笑いだった。

「賢明な判断です」

彼は立ち上がった。「私はこれでもどらねばなりません。有意義な話し合いができて、うれしく思います。あとは、陣内にまかせることにします」

陣内が言った。

「ぜひ見ていただきたいものがありまして……」

下条は、陣内と軽くうなずき合うと、会議室から出て行った。

陣内は言った。

「この雪のなか、申し訳ないが、ちょっとご足労願いますよ」

片瀬ら三人が陣内に案内されたのは、K大附属病院の一室だった。

玄関あたりは報道陣でごったがえしていたが、その病室あたりはしんと静まりかえっていた。

途中、彼らは何重もの警戒網を通過した。

特別の人間だけがそこまで進むことができるのだった。

「面会謝絶」の札が下がっているドアを開け、陣内は片瀬らを病室へ招いた。

さまざまなモニターの端子や、酸素吸入のチューブ、点滴の針などを取り付けられた男が、ベッドに横たわっていた。

男の眼は包帯で隠されていた。

ベッドのかたわらに、地味な背広のふたりの男が立っていた。警視庁から派遣された、特捜班のうちのふたりだった。

刑事たちは、陣内を見ると、わずかに緊張の色を見せた。

「どうですか」

陣内は彼らに尋ねた。

「は……」

刑事たちのひとりが答えた。「依然として、意識がもどりません。このSPが気がつきさえすれば、何が起こったかをすぐに聞き出せるのですが……」

「……で？　どんな傷なんです？」

「眼球がつぶされてます。が、意識が不明なのは、頭に加えられた衝撃が原因だろうということです」

「頭に外傷は？」

「医者が不思議がっていたのも、そこんところなんですがね……。頭には外傷はいっさいないんです。だが、脳が大きな衝撃を受けていると思われます。その証拠に脳圧が異常に上昇しているということです。つまり、脳がはれ上がって、自分で自分を圧迫してるわけですね」

陣内は片瀬を振り返った。

片瀬は、ベッドの上のSPをじっと見つめていた。その眼に怒りの色があった。

陣内は言った。

「近づいて、もっとよく見ますか」

「いえ」

片瀬は言った。「その必要はありません」

「そのかたは……」

刑事のひとりが、おそるおそるといった様子で陣内に尋ねた。

「拳法の専門家――ということにしておきましょう。特に、松田速人一派の使う拳法に関しては詳しい。傷の具合で、彼らのしわざかどうかがわかるというわけですよ」

「ほう……。その点は、私たちも、東京大地震のときのゲリラの報告書を読み返して調べてみましたよ。あのときにやられた警官のひとりが、このSPとたいへんよく似た症状だということはわかりましたがね……」

刑事は片瀬を見た。

「まちがいありません。真津田の拳法です」

「ほう……」

ふたりの刑事は顔を見合わせた。

ひとりが言った。

「そいつはどういうものか、ちょっと説明してもらえませんか」

片瀬は、ちらりと陣内を見た。

陣内はそれに気づいて、言った。

「かまいません。どうぞ、話してください」

「そう……。素手で相手を殺す技という意味では、他の拳法や空手と似たようなものだと思います。ただ、現在、試合で見られる競技空手を想像なさると、それはまちがいです」

刑事の片方はメモを取り始めた。

「松田速人たちが使う拳法は、まず眼、喉、金的といった急所を徹底して攻撃し、相手を動けなくします。実は、この方法こそが、体格に関係なく相手を倒す最も有効なものなのです。その後に、完全なとどめを刺すわけですが、このSPの場合、中国武術でよく見られる『発勁』が用いられました。『発勁』は、力とスピードによるパンチではなく、ひとことで言えば体中の関節の回転とうねり、そして『気』を利用した突きです。多くの場合、掌底といって、てのひらの手首寄りのところを用いて打ち込みます」

「すると、こうなっちまうわけか」

「頭部に対して、高度な発勁を行うと、生じた衝撃波が頭蓋骨をす通りして、直接脳をゆさぶるのです。これは、パンチで殴るのとは、まったく違う結果が現れることになります」

「なるほどね」

刑事は手帳を閉じた。

陣内は、片瀬たちに言った。

「どうも、わざわざ病院までご同行いただいて恐縮です」

彼は、てのひらでドアを示した。

片瀬たちは病室を出た。

最後に陣内が出てドアを閉じた。

「今のはどこの刑事だ」

松永が陣内に尋ねた。

「私の管理下にある本庁の特捜班です」

「警察のなかでも、彼らだけが本当のことを知っているというわけだな」

「そのとおりです。上層部を除けばの話ですがね」

松永は、松田春菜が蒼(あお)い顔をしているのに気づいた。

「どうした。だいじょうぶか」

「だいじょうぶじゃないわ」

彼女は、視線を上げて松永に訴えるように言った。「あのSPは助からないのよ。意識も、もうもどらないでしょう」

松永は、片瀬を見た。

片瀬は悲しげにうなずいた。

春菜は言った。

「荒真津田は、真津田一族にあの拳法を使うことを固く戒めているのよ」

松永が言った。

「以前、片瀬と話したことがある。聖なる拳法があり、邪悪な拳法がある、と。俺は、技そのものに、聖だの邪だのがあるとは思えなかった。すべて技を使う人間の問題だと考えていたんだ。しかし、荒服部の拳法と真津田の拳法を比べてみると、技そのものに、聖と邪の区別があることを否定できなくなった」

「そうよ」

春菜は言った。「かつて荒真津田も、自分たちの拳法を、強力無比と誇っていた時代があったわ。でも、荒服部の拳法の存在を知って恥じるようになったのよ。松田速人たちは、その恥を捨て去ったんだわ」

「強い者が支配する。やつらはそう考えているんだ」

松永は誰に言うともなく、つぶやいている。「そして、それを証明しつつある」

「松田速人は、真津田一族の名を汚（けが）している。そのことだけを考えても、許すわけにはいかないわ」

じっと思いに耽（ふけ）っていた片瀬が口を開いた。

「どうしてＳＰにあそこまでやらなくてはならなかったのでしょう」

陣内がゆっくりと片瀬のほうに顔を向けた。

「どういうことですか」

「昏倒させればそれで済んだはずです。なのに彼らは、致命傷を負わせた……」

「あえて松田速人一派の犯行であるという目印を残していったのではないですか。ルパンのカード、怪傑ゾロのＺの傷——そういった類でしょう」

「そんなもののために人をひとり殺したというのか」

松永が言った。

「あるいは」

片瀬は陣内を見すえた。「どうしても、あのＳＰに意識を取りもどしてほしくなかった。つまり、口を封じたのでは……」

陣内は、片瀬から目をそらし、背を向けた。

「どうでしょうか。いずれにしろ、あのＳＰが何を見たのか、永遠に知ることはできないのです」

彼は出口に向かって歩き出した。「さ、お送りしましょう。雪のため、都内の電車は大混乱です。タクシーもつかまらないでしょう」

その夜も、都内では救急車のサイレンがひっきりなしに聞こえていた。

降雪は、ようやく峠（とうげ）を越していたが、積もった雪のため、スリップ事故や、歩行者の転倒事故があとを絶たなかったのだ。

昼間は、うんざりするような渋滞が続いていた都内の主要道も、夜になると、まるで別の町のように、車の姿が少なくなった。

誰もが何年ぶりかの大雪に脅威を感じ、わが家に引きこもっているのだった。

東京の街並（まちなみ）は、ゴーストタウンのようにどこもしんと静まりかえっていた。

東京拘置所も、雪の夜の異様な静けさにつつまれていた。

チェーンを巻いたタイヤの音を響かせ、白いライトバンがその塀近くに駐車した次の瞬間、その静寂は破られた。

ライトバン後部から、白煙を上げて手製の迫撃砲が発射された。

ほとんど間を置かず、発射音が三回聞こえた。

三発の迫撃砲は、塀を越え、拘置所の壁で炸裂（さくれつ）した。

すさまじい爆発音だった。

拘置所内は、大騒ぎとなった。出火にそなえ、拘置されている被疑者がいったん中庭に集められる。

拘置所の看守が門の外へ飛び出したとき、ライトバンは炎上していた。すでに、車の周囲に人影はなかった。

迫撃砲による騒ぎがもち上がったとき、すでに松田速人の十人の配下たちは、拘置所にはいなかった。

彼らは、法務大臣の命令により、秘密裡(ひみつり)に釈放されていたのだった。

12

ゴールデンテンプルは、ヒンズー教徒がダルバール・サーヒブ――『神の宮廷』とかつて呼んでいた。

その堂々たる美しさは、まさに宮廷と呼ぶにふさわしかった。

寺院は、周囲を大理石で固めた百五十メートル四方の池のなかに、島のように浮かび上がっている。

寺院内部に入るには、見事に磨かれた大理石の歩廊を通っていくのだ。

建物の基部は白大理石造りで、上部と屋根は、文字どおり黄金に輝いている。その屋根には、シーク教の教典『グル・グラント・サーヒブ』の章句が刻まれていた。

ゴールデンテンプルは、夕闇(ゆうやみ)につつまれ、ひっそりとしていた。

遠くから眺めると、変わらずに美しい姿を誇っているゴールデンテンプルも、近づいて見ると、一九八四年六月五日に敢行された政府軍による過激派大掃討作戦の傷あとが、いたるところに刻まれているのがわかる。

夜の闇は、今、その傷あとをかくしていた。ゴールデンテンプルそのものが深い眠りについているように見えた。

しかし、新たに過激派の拠点となったこの寺院は決して眠っていなかった。

シーク教過激派は、軍隊の規律を身につけていた。

寺院を囲む池のほとりに、内部に通じる大理石の歩廊に、そして、おもにシーク教徒の宿泊施設となっている南側のグル・カ・バーグ――『師の庭園』に、歩哨(ほしよう)の姿が見られた。

寺院の窓には、見張りが立っている。

彼らはさまざまな小銃を手にしていた。

ソ連のAK突撃銃、中国製五六式小銃、チェコのVz58P――なかには、アメリカのアーマライトさえ見られた。

シュア・ロディ准尉は、過激派のひとりと組んで、『師の庭園(グル・カ・バーグ)』の歩哨をしていた。

マスジット・シン少尉と、シュア・ロディ准尉は、軍隊化の進むシーク教徒過激派のなかにあって重宝がられていた。

彼らは、ニカラグアにおいて、傭兵(ようへい)として戦い、偶然そこで知り合ったことになっていた。それを裏づけるあらゆる資料を、政府軍が用意していた。

ふたりの軍隊経験と、それにもとづく戦闘のノウハウは、素人の集団に過ぎなかったシーク教徒過激派には貴重なものだった。

ロディ准尉は、歩哨の相棒であるシーク教徒に話しかけた。

「快適な夜だ。この季節がいちばんだな」

「まったくだ」

シーク教徒の若者は笑顔でこたえた。「この季節が来るたびに、俺は神々に感謝したくなる。怨(うら)みごとを言いたくなるほうが多いんだがね」

ロディは笑った。

「不信心なやつだ。わがシーク教徒の風上にも置けん」

「不信心にもなろうってもんさ。こう戦いが長引いてはな……。何を信じていいかわからなくなる」

「信じるべきものは決まっている」

ロディは慎重に言った。「われわれシーク教徒の独立と、それに導いてくれるランジート・シング師だ」

「ランジート・シング師」

若者は吐きすてるように言った。「彼が独立へ導いてくれるって？　彼が俺たちを導こうとしている先は地獄さ」

「どうしてそんなことを言う」

「事実だからさ。彼がここへ来てから、急に戦いの数が増えた。死ぬ仲間の数も増えた」

「それだけ敵もやっつけている。ちがうか」

「そうかもしれない。だが、俺たちの敵というのはいったい誰なんだ。長年われわれをしいたげてきたインド中央政府じゃないのか。俺たちは、純粋に独立のために戦うべきだ。だが、ランジート・シングが来てから、仲間たちは、デリーではなく、ハリドワールやリシケーシュに行くことが多くなった。なぜなんだ」

「もうよせ。聞かなかったことにしてやる」

「ヒンズー教徒は確かに独立の妨げになるかもしれない。しかし、ヒンズー教徒をいくら殺したって独立への道が開けるとは思えない」

「上層部の連中は、ちゃんとした作戦を持っているんだろう」

「昔の指導者は、われわれに理想を語ってくれた。俺たちの前に立ち、進んで銃を取った。だが、ランジート・シングは姿も見せない。彼は理想を持ってきてくれたか。彼が持ってきたのは金だけだ」

「よせと言ってるんだ。誰かに聞かれたらどうする。それに、俺だって、おまえがそれ以上のことを言うようだったら、上の連中に報告しなくちゃならない」

若者は、明らかに自分の言葉で興奮しつつあった。

ロディは彼の肩に手を置き、力を込めて握った。

若者は驚いたようにロディをしばらく見つめていたが、やがて体の力を抜いた。

「わかった。もうやめよう。どうかしていたんだ」

「そうとも」

ロディは手をはなした。「疲れているんだ。みんなそうだ。戦いは肉体も精神もボロボロにしてしまう」

「どうしたらそれに耐えられる。おまえは、傭兵だったそうだな。どうやってそれを克服してきたんだ」

ロディは肩をすくめた。

「信じるものをなくさなかったのさ」

若者は、曖昧にうなずいた。

「だがな」

彼は言った。「おまえはここに来て日が浅いからわかるまいが、今、俺の言ったようなことを、俺だけが考えているわけじゃない」

ロディは、無言で若者の顔を見つめた。

「ランジート・シングへの信頼感は徐々に失われつつある。彼に対する不満を持つ者が増え始めているんだ」

彼は、見回りのために歩き始めた。「万一何かことが起こったら、どちらに就くか、今のうちに考えておいたほうがよい」

この話はロディにとってまったく意外だった。

シーク教過激派は新しい指導者を得て、石のように結束を固くし、意気上がっている――政府関係者は誰もがそう信じていたのだ。

彼は、わずかに体が熱くなるのを感じながら、きわめて冷静な声で言った。

「いいことを聞いた。考えておくよ」

マスジット・シン少尉は、寺院のなかの一室でくつろいでいた。

部屋のなかには、彼のほかに三人のシーク教徒がいた。いずれも指導的立場にいる者たちだった。

この部屋は、いわば将校の作戦会議室だった。

シン少尉は、豊富な戦闘の知識を認められ、彼らの仲間入りを許されていた。

シン少尉のほうも、ロディ同様、ここで意外な話を聞いていた。

彼は、三人の指導者に尋ねた。

「……すると、あなたたちも、ランジート・シング師にお会いになったことはないのですか」

粗野な感じのキシムという男がこたえた。

「そのとおり。会うどころか、声も聞いたことがない」

シン少尉は諦めたようにかぶりを振った。

「それではとても私などが、お会いできるはずはないな」

「そのうちチャンスはあるだろう。俺たちもその日を待っているというわけだ」

「偉大な指導者が現れたと聞いて、私は、傭兵時代の仲間とこのゴールデンテンプルにやってきたというのに」

「心配するなよ。ランジート・シング師だって、このゴールデンテンプルにおられるのだ。いつかは必ず会える」

「会ったことがある人はいるのですか」

「俺が知っている限り、ひとりだけな」

「すると、あのイクバルという男だけが……」

「そうだ。彼がランジート・シングのご神託を俺たちに伝えるというわけだ。イクバルはもちろんシーク教徒だが、もともと俺たちといっしょに戦っていた男じゃない。ランジート・シングが連れてきたのさ」

ランジート・シングは寺院の最も奥の部屋に陣取っていた。少なくともシーク教徒たちはそう信じていた。

そして、その居室に近づけるのは、イクバルという男だけなのだった。

マスジット・シン少尉は、他の三人に気づかれぬように、そっと腕時計を見た。間もなく九時になろうとしていた。

彼は立ち上がった。

「どこへ行くんだ」

キシムは笑いながら言った。「ランジート師に会いに行こうたって無駄だぜ」

マスジット・シン少尉はほほえみを返した。

「外の空気を吸いたい。庭園をひと回りしてくるよ」

「外をうろつくのは感心しないな」

「まだ慣れないんでな。この石の建物のなかに閉じこもっていると、息がつまりそうになる」

キシムは、てのひらを下に向け、ひらひらと振って見せた。

「歩哨に撃たれないように気をつけな」

シン少尉は部屋を出た。

ふたりの特殊工作員は、九時に待ち合わせをしていた。

シン少尉は、さまざまな果樹がしげる『師の庭園（グル・カ・バーグ）』に出た。

そぞろ歩きながら、打ち合わせた一本の樹木のもとにやってきて、煙草（たばこ）に火をつけた。

それが合図だった。

ロディ准尉は闇のなかから静かに現れた。

ふたりは偶然そこで出会ったように挨拶（あいさつ）を交した。

「もうひとりの見張りはどうした。歩哨はふたり組で立つはずだろう」

「五分まえに別れました。交替の時間なのです。私は宿舎へ引き揚げるところです」

シンはうなずいて、ロディに煙草を一本差し出した。

ふたりは、仲のよい友人同士が楽しげに談笑しているように装っていた。

ロディは、若者から聞いた興味深い情報をシン少尉に伝えた。

「なるほど……」

話を聞き終わったシン少尉は、煙草を地面に投げ捨て、踏み消した。

「ハリドワールやリシケーシュで、政府軍の被害が増えつつあるようだ。一般のヒンズー教徒も戦いに巻き込まれている。われわれは、いつまでもこうしているわけにはいかない」

「はい……」

「何とか、ランジート・シングの正体をつかまなければ……」

「われわれはもう会っているのかもしれませんね」

ロディが言った。シンはうなずいた。

「ターバンに、長いひげ、膝丈のズボン。誰もが同じ恰好だ。もし、ランジート・シングとすれ違っていても、われわれには彼だということがわからない。おそらく、ここにいるほとんどの人間がそうだろう」

「ひとつ、疑問があるのですが……」

「何だ」

「先ほどの歩哨も言っていた点なのですが、どうして、過激派は攻撃拠点を、デリーからハリドワールやリシケーシュへ移しつつあるのでしょう」

「その点は私にもわからない。ランジート・シングの意志らしいのだが……」

人が近づいてくる気配がした。

交替した歩哨が歩いてくるのが見えた。

「今夜は、このへんにしよう」

シンが素早くささやいて、ロディの肩を叩いた。陽気な声を上げる。「じゃあ、またな」

ロディは手を振った。

シンは、ふたりの歩哨に一言声をかけて寺院へもどった。

ロディは、庭園内の宿舎に向かった。

翌朝、シン少尉は若いシーク教徒に起こされた。

寝室としてあてがわれた部屋は、日が昇っても薄暗かった。

シン少尉は、一度体を揺すられただけで、即座にベッドの上ではね起きた。長い軍隊生活で培われた習慣のひとつだった。

その反応に、起こしに来た若者のほうが驚いた顔をした。

シン少尉は、ようやく身に危険がないことを知ると、体の力を抜いて、若者に尋ねた。

「何だ」

「イクバルさまがお呼びです」

シン少尉は、あくびを中断してしまった。

若者は無表情に言う。

「朝食をごいっしょしたいとのことです」

シン少尉はベッドから立ち上がった。

「すぐに行く」

食堂のテーブルには、粗末だが、確かに食事と呼べるものが並べられていた。

そのテーブルにロディが着席しているのを見てシンは驚いた。

いやな予感がした。

イクバルは立ち上がり、シンに、ロディの向かい側の席を示した。

「どうぞ、おかけください」

シン少尉が着席するとイクバルも腰を降ろした。

シンとロディは顔を見合わせていた。

案内してきた若者は、部屋の外へ出て行った。

イクバルは、ふたりを交互に見ながら言った。

「この朝食は、おふたりへのささやかな感謝のしるしです」

ロディとシンは、イクバルを見た。ターバンを巻き、ひげをたくわえている。

その姿は、ロディやシンとまったく同じだ。

その眼は、何を考えているのかまったくわからないといった不気味な印象を与えた。

イクバルは続けて言った。

「あなたがたはよくやってくれた。おふたりの卓抜な戦闘能力と知識によって、わがグループは、シーク教徒のなかで、あっという間に抜きん出ることができました。今や、シーク教徒でいちばん強力な組織です」

「私たちの力じゃない」

シンは言った。「ランジート・シング師の力じゃないのかい」

イクバルは、ほほえんだ。

「それをお聞きになったら、師はずいぶんとお喜びになるでしょう。さ、どうぞ召し上がってください」

シンとロディは、目配せをしてから料理に手をつけた。

イクバルは、平たいパンを割り、口に入れてから言った。

「本当にあなたがたは、よく働き、若い人を指導してくれました」

ロディとシンは、紅茶をすすった。

イクバルの言葉が続く。

「まったく信じがたいほどの貢献です。敵のために、これほど働いてくれるとはね。シン少尉に、ロディ准尉」

シンはテーブルを蹴って立ち上がった。

その手には自動拳銃が握られていた。

「ロディ」

シンは、目で部下に命令した。

ロディ准尉は、イクバルにさっと駆け寄り、武器をさぐった。

「騒ぐことはありませんよ。私は、あなたの望みをかなえてあげようと思っているのです」

イクバルは落ち着き払って言った。

「望みだと」

シン少尉は、銃口をぴたりとイクバルに向けつつ、背後の出入口に注意を向けていた。

「そう。あなたは、ランジート・シング師に会いたがっていた。ちがうかね」

イクバルの視線が、シンからそれて、出入口のほうに注がれた。

「さ、望みがかなうときが来ました。わが指導者、ランジート・シング師を紹介しましょう」

シンは、イクバルに銃を向けたままだった。

ロディが声を上げた。

「あぶない、少尉」

シンは咄嗟に振り返り、背後から近づいてきた人物に銃を向けようとした。

次の瞬間、シンは何が起こったのかわからなかった。

彼の体は宙を飛び、一度テーブルの上に落ち、さらにそこから床へ転がった。

ロディがあわてて駆け寄った。

シンの手にあったはずの銃が、ランジート・シングと呼ばれる男の手に握られていた。

イクバルはランジートにゆっくり近づいた。

ランジートはイクバルに拳銃を手わたした。

イクバルは言った。

「ランジート師は銃がお嫌いでね」

ロディは、シンの上半身を助け起こした。

ふたりの動きはぴたりと止まってしまった。

目は驚きのために、見開かれている。

ふたりの視線は、ランジート・シングの顔に釘づけになっていた。

「まさか……」

シン少尉は無意識のうちにつぶやいていた。

13

刑事部は、警視庁の四階から六階までを占めている。

四階には捜査第二課と捜査共助課が、五階には、捜査第三課と第一機動捜査隊が、そして六階には部長室と刑事総務課、捜査第一課、捜査第四課がそれぞれ配置されていた。

このほか、五階には、健康管理本部と共済診療所が捜査課と同居している。

板橋ら六人の刑事は、刑事総務課に属していた。

彼らは今、警視庁六階の会議室に集まり、捜査の結果を持ち寄っていた。

板橋が中心となって会議を進めており、舟越警視は、ほとんど口をはさまずに耳を傾けていた。

首相の足取りはまったくつかめなかった。

手がかりと思えることもほとんどないに等しい。

当日は、大雪で視界が利かず、人通りもほとんどなかった。目撃者がひとりも見つからないのだ。

警備の警官も、不審な車が官邸に出入りするのは見ていないということだった。

唯一、麴町署のパトカーがちょっとした騒ぎを見つけたが、それは公安部の私服警官と、危機管理対策室の雇われ調査員のトラブルだということでケリがついていた。

「こいつは、おかしいですよ」

板橋警部が舟越警視に言った。

舟越警視は何も言わない。

「俺たちゃいったい、何をやらされているんでしょうね、警視」

五人の刑事は、警部と警視の顔を無言で見つめている。

「何をやらされている？　どういう意味ですか」

「これは単に首相が連れ去られた、といった事件じゃない。もっと大きな裏があるはずですよ。すべての捜査結果がそれを物語っている。誰かが筋書きをでっち上げて、みんなを操ってるんだ。この俺たちも含めてね」

「どういうことだね……」

「いいですか。首相が官邸から外へ出ることは一見不可能だったように見えます。どの出口にも警備の人間がいる。官邸の塀には、外から見ただけじゃわからない出口がたくさんあるが、そこへ行くまでには、敷地内の地面の上を歩かなきゃならない。あの日は雪が降っていたから、足跡が残ったはずなんです。不審な足跡があれば、官邸の職員なり、警備の警官なりが必ず気づいたはずだ。だが、足跡などなかった」

「降りしきる雪が、足跡を消してしまった……。そうは考えられないかね」

「いいえ、雪ってのは、均等に地面に降ってくるんですよ。足跡はへこみとなって残るんです。もちろん長時間にわたって雪が積もればそんなでこぼこも消されてしまうでしょうが、少なくとも、警備の人間が通りかかる時間内は消えやしないはずです」

「じゃあ、君が最初に言ったとおり不可能なんだ……」

「警視、本当にそう考えてるんですか」

板橋警部は、鋭く舟越を睨んだ。

舟越は、五人の刑事たちを一瞥した。

「心配いりませんよ」

板橋は言った。「この刑事たちは特別な連中です。誰よりも機密保持には気を使ってるんです。ここで話されたことは、絶対に外へは洩れません」

舟越は、しばらくうつむいて考え込んでいた。

板橋が言う。

「警視も、われわれも、多分、同じことを考えているんじゃないかと思いますがね……」

舟越は、眼を上げた。板橋の顔をしばらく見つめていたが、やがてうなずいた。

「そう」

彼は言った。「君の言うとおり、首相が連れ出された経路については見当がついています」

「だが、それが事実だとすると、さらにとんでもない事実にぶつかってしまう……」

「そのとおりです」

「説明してください」

若い相沢刑事が言った。「僕にはまだよくわかりません」

舟越警視は相沢を見つめ、そして、さらに残りの刑事たちを見わたした。

「首相が公邸から連れ出された経路については、私はすでにほぼ明らかだと思う。官邸の地下室からつながる地下道を通ったのだ。その緊急事用の地下道は、何本かあったが、今あるのは、山王下と溜池の間にある電子技術総合研究所跡につながるものだけだということだ。特許庁の裏にもつながっているが、現在、そこの出口はふさがれている」

刑事たちがざわめいた。

「しかしだ――」

板橋警部が刑事たちに言った。「出る経路はわかったが、今度は犯人が入った経路がわからない。官邸の出入りは、厳重にチェックされているのは承知のとおりだ。まして、公邸となると、おいそれと近づけるものではない。ここが問題なのさ」

「問題と言いますと……」

刑事のひとりが尋ねる。

「誰かが公邸内から手引きしたとしか考えられない。何者かがあらかじめ、受付や守衛所に、その男が来訪する予定であることを告げておけば、犯人は、堂々と公邸まで進むことができる。官邸には平均で一日に二百五十人ほどの来客があるという。新聞記者に尋ねたところ、そのうちの何人かは、実際に公邸へ招かれることもあるそうだ」

「誰かが手引きした……」

「そう。そして、公邸まで進むことを許可できる人間はただひとり」

「よしたまえ」

舟越警視は鋭くさえぎった。「それ以上、推測でものを言うのは許しません」

「なぜです」

板橋は食ってかかった。「事実の断片から推理をしていくのが俺たちの商売でしょうが。

あのＳＰにしたってそうです。ありゃ、公邸でやられたんじゃないですよ。官邸の階段かどこかに立っていて、地下室へ犯人といっしょに行こうとしている首相を見かけたんです。ＳＰは、首相の姿を見たら、すぐに近寄って警護する習慣が身についている。油断して近づいたところを、犯人に倒されたというわけです。悲鳴を上げる間もなかったのでしょう」

「だが、ＳＰが倒れていたのはあくまでも、公邸のなかだ」

「咄嗟にＳＰを利用することにしたんです。あたかも、首相は公邸で襲われ、それを助けようとしたＳＰがやられたように見せかけるためにね」

「証拠はない」

「賭けますか。官邸の床のどこかに、あのＳＰの血痕くらいあるはずです。きれいにふき取ってあっても、ルミノール反応は出ますよ。鑑識課員のひとりでも連れて行きゃあ……」

「それは許可されていない」

「だからおかしいと言ってるんです。俺たちは捜査をやらされているんじゃない。捜査のふりをやらされているんだ」

「何のためにだね」

「さあね……。これ以上は政治的レベルの問題だ。あなたの領分ですよ。ただね、東京拘置所から例の十人のゲリラが逃亡した件ね。あれも無関係じゃないことは明らかですね。迫撃砲の三発くらいじゃ拘置所はびくともしませんよ。きっと、誰かが取引に応じたんです」

舟越は黙りこくっていた。もう彼には板橋を止めることはできなかった。彼も板橋とまったく同じことを考えていたからだ。

板橋は言った。

「取引はよくあることです。ハイジャックなんかが起こると、政治犯を釈放することもあるでしょう。超法規的措置というやつですね。でも、今回の一件が問題なのは、それを知っている人間がごくわずかしかいないということです」

舟越は立ち上がった。

「板橋くん。いっしょに来てくれ。他の者は待機するように」

「どこへ行くんです」

板橋は上目づかいに舟越を見た。

「陣内警視正に会いに行くんだ」

雪は降りやんでいた。夜空には、何日かぶりに星がまたたいている。

昼間融(と)けかけた地面の雪は、夜の冷え込みで凍りついていた。

松永が住む目黒区碑文谷のマンションの周囲を、音もなく歩き回る影があった。

影は六つだった。

彼らはばらばらに散ると、闇のなかに姿を隠した。影たちは動かなくなった。凍てつく寒さにじっと耐えている。彼らは、辛抱強く獲物を待ち続ける夜行性動物のようだった。

松永の部屋には、片瀬直人と松田春菜がいた。

病院から陣内の車で送ってもらい、三人は松永の部屋で、これまでのことを話し合っていたのだった。

別れ際に陣内は確認した。

「片瀬さんと松田春菜さんは、今日はずっとこちらにいらっしゃるのですか」

「片瀬はうちに泊めるよ」

松永は言った。「このお嬢さんがどうするかはわからないがね」

彼ら三人の話し合いは深夜にまでおよんだ。

松永は、ウイスキーの水割りを少しずつ口に含んでいた。

春菜と片瀬は、ほとんどグラスに手をつけなかった。

「俺はどうしても素直に受け取ることはできない」

松永が言った。「下条や陣内が俺たちと手を組むメリットはほとんどないんだ」

「松田速人を倒すためには、お互い手を組んだほうがいいわ」

春菜が言った。

「そりゃそうだが……」

松永の言葉は、はっきりしなかった。

「どうしてそう人を疑ってばかりいるのかしら」

「信じられる人間とそうでない人間を区別しているだけさ。下条や陣内は信じちゃいけない人種だ」

「どう思います」

春菜は片瀬に尋ねた。

「手を組むと決めたんです。こちらもそのつもりでいないと相手を裏切ることになります」

「この人は疑うことを知らないからね」

松永が言う。「裏切られても、裏切られても相手を信じようとするんだ。まったく、どういう育ちかたをしたんだか……」

「想像もできないほどつらい思いをされてきたのよ。それでも人を信じることをやめなかった。それでこそ、私たちの頂点に立つ人だわ」

松永は何も言わなかった。

春菜は時計を見て立ち上がった。

「私は家へもどるわ」

「もう遅い。泊まって行けばいいのに」

「狼といっしょに一夜をおびえながら過ごすの？」

「狼のやさしさを知らないわけじゃあるまい」

春菜は、わずかに頬を赤らめて、片瀬をちらりと見た。片瀬は、まったく無関心を装っている。

「とにかく今夜は帰るわ。祖父から何か連絡が入るかもしれないし」

「じゃあ、タクシーがつかまるところまで送ろう」

「何度言わせるの。送られるのは嫌いなのよ」

彼女は、松永の部屋を後にした。

エレベーターホールは無人だった。春菜は、マンションの玄関を出た。急ぎ足で目黒通りの方角へ歩き出す。

そのとたん、マンションの陰から、黒いスウェットスーツを着た男が飛び出してきた。

男は、春菜の水月のツボ——鳩尾の急所に当て身を見舞おうとした。

当て身は、空手などの突きとは違う。下からえぐるように突き上げるのだ。そうしないと、うまく太陽神経叢を刺激することはできない。

春菜は悲鳴を上げるより早く、相手の攻撃に反応していた。

左足をうしろへ引き、体を開く。

同時に、下から突き上げてくる拳に手をそえ、わずかにその方向をそらしてやった。

次の瞬間、そえていた春菜の左手は男の手首をとらえ、右手がその肘をすくった。

男はふわりと宙を舞い、氷がはりついたアスファルトの上に投げ出された。

第二の男が、後方から突いてきた。

顔の脇でその突きをさばく。相手の拳は人差指の第二関節だけを高く突き出した危険な握りだった。『人指一本拳』と呼ばれ近代空手では禁じ手となっている拳だった。

春菜は、その拳を受けると同時に肘を相手の鳩尾に見舞った。

ひるんだ相手の右手首を左手でつかみ、相手の左脇に右手を差し込んだ。体をひねりながら、片膝をつく。

その男も固く冷たい地面に投げつけられていた。

男たちは次々に姿を現した。

全員同じ黒のスウェットスーツを着ている。

春菜は唇をかんで身構えた。

六番目に現れた男の顔が、ほの暗い街灯に照らし出された。

春菜は憎しみをあらわにつぶやいた。

「ハフムシ……」

「さすがに、お嬢さまは一筋縄ではいかぬようです」

春菜はあとの五人の男たちの正体を悟った。松田速人の一派だった。

拘置所から解放された、松田速人の一派だった。

春菜は初めて身の危険を感じた。体がすくむ思いだった。

ふたりの男が、するすると、春菜の後方に回った。

そのふたりが同時に仕掛けてきた。

ひとりは春菜の足を狙って蹴り降ろし、ひとりは、顔面に、人指一本拳を飛ばしてきた。

春菜は、拳をさばきながら地を蹴った。

同時に、蹴ってきた男の顎に前方の足を飛ばす。さらに、踏み切った足で、拳を見舞ってきた男の顎も蹴り上げていた。

振り向きざまの二段蹴り――中国武術で言う『二起脚』だった。

春菜は着地すると同時に低く身を沈め、地面に足で素早く円を描いた。

第三の攻撃を咄嗟に予想したのだ。

迫りつつあった男は、踵（かかと）の側から足をはじかれ、見事に転倒した。

男たちは春菜にまだ一撃も加えていない。

しかし、春菜の拳法は、さばくことが中心になっている。いわば護身の拳法だった。

敵を一撃で無力化できるほど強力ではないのだ。

男たちは、春菜の消耗を待てばいいのだった。

春菜はそれを悟った。

続けざまに拳や蹴りが襲ってくる。

彼女は、それをことごとく払い、さばき、かわした。

彼女はプライドをかなぐり捨てた。

突き、蹴り、突きと速い連続技をかけてきた男の膝を蹴り降ろし、地面にその男を転がしておいて、彼女は大きく息を吸った。

次の瞬間、彼女はこれまで出したこともないような悲鳴を上げていた。

男たちは、一瞬ひるんだ。

だがハフムシだけは別だった。

彼は気味の悪い笑い顔を見せて言った。

「お嬢さま。それを待っていたのですよ」

14

「何でしょう、今の悲鳴は」

片瀬は、立ち上がった。

「なに、おおかた、若い連中がふざけてんだろ」

「まさか、春菜さんでは……」

松永は、片瀬の顔を見上げた。

彼は跳ね起きて、出入口のドアへ急いだ。

片瀬もほぼ同時に駆け出していた。

松永は、エレベーターがやけに遅く感じられ、思わずドアを蹴った。

ふたりが玄関から飛び出したとき目にしたのは、春菜が何人かの男と必死に戦っている姿だった。

「野郎……」

松永はつぶやくと、春菜のもとへ駆け寄ろうとした。

その目のまえにひとりの男が立ちはだかった。黒いスウェットスーツを着た、松田速人の手下のひとりだった。

松永はスピードを落とさなかった。

男の直前で松永は地を蹴って見せた。

敵は松永の飛び蹴りにそなえて、上方を防御した。

だが、松永のジャンプはごく小さいものだった。

彼は跳んだ次の瞬間、深く身を沈め、相手の腰に腕を回し、足を払った。

相手が倒れる。

その落ちてくる頭を、松永は蹴り上げた。男は悲鳴も上げずに気を失った。

「松永さん」

春菜が言った。

松永は、春菜を羽交い締めにしようとしていた男の頭髪をうしろからつかみ、力いっぱい下方へ引き落とした。

男はのけぞって倒れてきた。

松永は、その後頭部に膝を叩き込んでいた。

松永は、絶対に敵の正面には立たなかった。

また、実戦では、派手な高い蹴りは絶対にタブーだ。

両足は常に地につけ、いつでもすぐに移動できる状態でいなければならない。

松永は、春菜と背中合わせになった。

「だから送ると言ったんだ」

「どっちにしても同じことだったわ。こいつらは、あなたと片瀬さまをおびき出すために私を襲ったのよ」

松永はその言葉で敵の正体を知った。

「こいつら、拘置所にいた連中だな」

松永に倒されたふたりが頭を振りながら起き上がってきた。

松永は舌を鳴らした。彼の計算では、一時間は眠っているはずだった。

黒いスウェットの男たちは松永が思ったよりずっとタフだった。

五人は、じりじりと移動して松永と春菜を取り囲み始めた。

ハフムシだけがひとりはなれて、その様子を眺めている。

春菜は、肩ごしに松永にささやいた。

「あそこにいるのがハフムシ。松田速人の参謀よ」

「いやなツラだ」

五人は、指を伸ばし、手首を曲げた。

蛇が鎌首(かまくび)をもたげたような形だ。

「気をつけて」

春菜は言った。「貫(ぬ)き手で眼や喉(のど)、金的をねらってくるわ。彼らは本気になったのよ」

松永は病院のベッドに横たわっていたSPを思い出した。腹の底が熱くなった。それが胸のほうにこみ上げてくる。

怒りだった。

松永は邪悪な拳法を憎んだ。武道家の端くれとして許せない——彼はそう思っていた。

「これじゃ、間合いが自由にならない。離れるぞ」

松永はそう言って飛び出した。

敵のひとりが、二本貫き手で彼の顔面を狙った。人差指と中指による貫き手だ。

松永は顔面をふせいでスライディングした。両足で相手の足をはさんでひねる。

敵は見事に、後方に転んだ。松永の蟹ばさみが決まったのだ。

相手が倒れた瞬間、松永は足を振り上げて踵を顔面に叩きつけていた。

相手が死亡するおそれがある危険な行為だった。しかし、そこまでやらないと、今度は自分が殺されるはめになるのだ。

松永は怒りと同時に、明らかに恐怖を感じていた。怒りとないまぜになった恐怖心と言ったほうが正確かもしれない。

敵が次々と、松永を踏みつけに来た。

松永は、地面の上を横に転がって逃げ続けた。

この状態で胸を踏みつけられたら、肋骨は確実に折れる。頭を踏みつけられたら、頭蓋骨陥没で致命傷になるおそれがあるのだ。

武術において、相手を倒すということは、それだけ有利なことなのだ。

だが倒れた者にも技がないわけではない。

松永は、タイミングを計って、踏み込んでくる相手の足に右腕を巻きつけ、ほぼ同時に腰を切って左足を振り上げた。

足は宙に弧を描いて敵のあばらに突きささった。

右手で足を引くと、その男は簡単に倒れた。

その隙に松永は跳ね起きた。

とたんに、頬に熱さを感じた。一瞬焼け火箸を当てられたような感覚だった。

それがすぐに激痛に変わった。

敵の鋭い貫き手が松永の頬をかすめていったのだった。

刃物のような切れ味だった。

次の瞬間、その敵は鞭のように足をしならせた。金的をねらっていた。

松永は、とっさに股間のところで、両拳を交差させた。空手で最強の受けと言われる十字受けだ。

辛うじて蹴りの直撃は避けられた。だが、相手のつま先が急所を軽く叩いていた。

それだけで腰まで痛みが貫いた。

加えて、十字受けというのは、きわめて無謀な受けでもあった。顔面ががらあきになるのだ。

蹴りを受けられた相手はすかさずおそろしい貫き手を見舞ってきた。

松永は、首をたおしてそれをかわした。

こめかみを貫き手がかすめていった。

下半身の激痛と、これもまた急所であるこめかみへの攻撃で、たまらず松永は尻もちをついてしまった。

とたんに、ひとりが背後から両腕を取り、背骨に膝を押しあてた。松永は尻をついたまま動けなくなった。

喉が張りついたようになっている。知らぬうちに、口であえぐような呼吸をしていたせいだ。

松永は、もうひとりの敵が、狙いすまして自分に足刀を蹴り込もうとしているのを見た。

男はすでに蹴りの予備動作に入っていた。

松永には避けようがなかった。

彼は目をつぶるのも忘れていた。視界のなかがスローモーションになった。

足刀は、松永の喉を狙っていた。

しかし、その蹴りは松永にはとどかなかった。

相手の腰がふわりと浮いて地面に落ちた。

相手は、不思議そうに振り返って見上げた。

片瀬直人が立っていた。

松永はすべてを見ていた。

敵は足刀を蹴り出すために、上体を蹴り足と反対のほうへわずかに倒していた。片瀬はその上体に軽く触れ、わずかにひねってやっただけのように見えた。それだけで敵はもんどり打って地面に転がってしまった。

松永は感動していた。にわかに痛みがうすれていく。

うしろの敵が首を絞めるため、腕を松永のまえに回そうとした。

その一瞬が勝負だった。

松永は、首を思いきりまえへ倒しておいて、次に力の限りのけぞった。彼の後頭部が敵の顔面を強く打った。

敵の力がゆるんだ。その男は無力になっていた。頭突きは、どんな状態からでも常に、強力な破壊力を約束してくれるのだ。

松永は片膝を立て、肩をひねった。敵は松永のまえに投げ出された。その腹に正拳を見舞っておいて、松永は立ち上がった。

「助けに来るのが遅かったじゃないか」

松永は、半ば本気で片瀬に怨みごとを言った。片瀬は余裕の笑みを浮かべた。

「助けるのは女性が先です。そうでしょう」

松永は、はっと春菜を探した。

彼女はゆうゆうと松永と片瀬のほうに歩いてくるところだった。

ハフムシ以外に立っている敵はひとりもいなかった。

ある者は肩をおさえ、ひざまずいて恐怖のうめき声を上げ、ある者は、尻をついて不思議そうに自分の足を見つめている。

うつぶせに倒れ、立ち上がろうともがいている男もいた。

片瀬は松永に言った。

「麻穴を突きました」

敵はみな、片瀬の点穴技にやられたのだった。

麻穴というのは突かれると特定の箇所がしびれてしまうツボのことだ。

片瀬は息ひとつ乱していなかった。

敵の攻撃も充分に鋭いものだった。しかし、片瀬はそれをはるかに上回るスピードで動き、敵の攻撃をかいくぐって、一本の指で反撃していったのだった。

片瀬はハフムシに言った。

「無駄な争いです。秩序の乱れは何ももたらしはしません」

ハフムシは無表情に地面でうごめく男たちを眺めていた。

彼は片瀬のほうに眼を向けると言った。

「そう。秩序の乱れは無意味です。だから、われわれが新しい秩序を作るのです。きょうのところは無策な私たちが敗北しました。しかし、この次もそうだとは限りません」

ハフムシは、手下たちに向かって命じた。

「立て、引き揚げる」

男たちはもがきながら何とか立ち上がり、ハフムシのあとに続いた。

半分以上の男が足をひきずっている。

「僕たちも、早いところ部屋にもどりましょう」

片瀬が、松永と春菜に言った。

結局、夜が明けるまで、春菜も松永の部屋にいることになった。

「あのまま帰しちまってよかったのかい」

松永は片瀬に言った。

片瀬は肩をすぼめた。

「たとえ警察に引き渡したところで、また同じことが繰り返されるだけでしょう。むこうは首相という人質を持っていて、政府との取引はすでに成立しているでしょうから」

「松田速人と決着をつけなけりゃならんということか」

「そういうことになりますね」

「しかし」

松永は感慨深げに言った。「おまえの拳法が聖拳だということを、痛感したよ」

春菜もうなずいた。

「本当にそうだわ」

「俺は余裕をなくし、実際、真津田の禁じられた拳法に近いことまでやってしまった気がする。妙に後味が悪い。だが、そこまでやらなければ、俺のほうがやられていたという気がする。このお嬢さんは、確かにさばきに徹していた。つまり、自分の身を守ることだけを考えていた。しかし、そのために、相手を無力化することができなかった。ところがだ。おまえは、敵にけがもさせず、なおかつ、あっというまに敵を動けなくしてしまった。誰もけがをしなかったんだ。まったく信じ難いよ」

春菜はうなずいて片瀬を見ていた。

ふと彼女は、何ごとかに気づいて松永のほうを向いた。

「ねえ、変だと思わない」

「何がだ……」

「松田速人の手下はハフムシを除いて十人よ。五人しかいなかったわ……」

松永と片瀬は、顔を見合わせた。

「ハフムシがやけにあっさりと引き揚げたのも気になる……」

「電話を借ります」

片瀬は、水島静香に電話をした。


陣内平吉は、小会議室の窓から外を眺めていた。

舟越警視と板橋警部は、挑むようにその横顔を見つめていた。

長い沈黙が続いていた。

誰も口を開こうとせず、重苦しい時間が過ぎた。

陣内はゆっくりと顔を正面にもどした。

沈黙を破ったのは、陣内ののんびりした声だった。

「どうやら私は、君たちを過小評価していたようだ」

彼は、舟越と板橋の顔を代わるがわる眺めた。「もう少し時間がかせげるものと思っていました。あなたがたが、本当のことに気づくまでは、もっと時間がかかると読んでいたんですよ」

「それでは……」

舟越警視が尋ねた。

陣内は平然とうなずいた。

「そうです。あなたがたの推理は正しい。総理は無理矢理誘拐されたのではありません。誘拐犯を装った男とともに首相公邸を逃げ出したのです。あなたがたの言うとおり官邸から電子技術総合研究所跡へ伸びるトンネルを通ってね。あの日の大雪は、何もかもを覆い隠してくれました。人通りも、車の量も普通の日に比べて格段に少なかった。犯人はそれを計算に入れていた」

「おまけに、あの雪は――」

板橋警部が言った。「誘拐のトリックをひとつ増やすことになりました。足跡に私らはずいぶんまどわされました」

「それも計算のうちですよ」

「総理は、あらかじめ、犯人を公邸に待たせてあったのですね」

舟越警視は念を押すように尋ねた。

「そのとおり」

「総理を公邸で待っていたのは、松田速人なのですか」

「いや。本人ではない。彼の最も信頼している部下だということです。それ以上は、私も知りません」

「総理はどこに……」

舟越警視は陣内を見すえた。

「軽井沢にいるはずですよ。総理をお連れした連中は、山で暮らしてきた一族です。雪道の運転などお手のものだったでしょうね。総理は、ごく親しい女性だけを呼んで身の回りの世話をさせているということです。ふたりきりの楽しい時を過ごしていることでしょうね」

「俺たちは——」

板橋警部は、怒りをこらえるのに苦労していた。「俺たちはいったい何をやらされていたのですか」

陣内は、眠たげな半眼を板橋に向けて言った。

「擬装工作ですよ」

「俺たちは刑事だ。そんなことは、情報調査室でやればいいだろう」

「もちろん、われわれも動いています。今、総理は総力をかけて戦っているのです」

「擬装工作……。総力戦……」

舟越はつぶやくように言った。「いったい何のために……」

陣内は舟越に顔を向けた。

「真の権力闘争です。首相は、今後の磐石な本当の権力を手に入れようとなさっているのです。敵は政府内にもいます。いや敵だらけと言っていいでしょう。擬装誘拐は、そのための大バクチだったのですよ」

「具体的にどういうことなのか、お教え願えますか」

陣内はかぶりを振った。

「残念ながらここまでしか言えません。できれば、今までの話も聞かなかったことにして明日から擬装の捜査を続けていただきたい」

「もうたくさんだ」

板橋警部は勢いよく立ち上がった。

陣内は無表情に彼を眺めている。

板橋は陣内に人差指を向けて言った。

「俺は刑事だ。犯罪者を逮捕するのが仕事なんだ。権力闘争だか何だか知らんが、妙なかけひきに利用されるのはまっぴらだ」

「これは不思議なことを言う。警察の最大の役割を忘れたようですね」

「警察の最大の役割？　忘れっこないさ。社会正義を守ることですよ」

陣内は笑った。

「子供のようなことを言うのはおやめなさい。警察の最大の役割——それは権力の擁護ですよ。これは、すべての警察官に徹底されていなければならない」

板橋は言った。

「笑ってくれてけっこう。だが、俺は信じてるんですよ。どこかに正義ってものがあるってね。失礼します」

彼は部屋を出て行った。

「ふん」

陣内はつぶやいた。「私だって信じたいさ」

「警視正」

舟越が呼んだ。陣内は彼の顔を無言で見た。

舟越は言った。

「私はとても興味があるのですが——。その真の権力闘争とやらに……」

15

「無事だったか……」

片瀬は小さく安堵(あんど)の溜(た)め息(いき)をついた。

「いったいどうしたの、こんな時間に」

受話器のむこうで静香が言った。「片瀬さんでなければ、絶対に取りついでくれないわよ」

「すまなかった。何でもないんだ」

「そうそう。きのうからずっと電話をかけているのよ。いったいどこへ行っていたの」

「ちょっと用があった。今も松永さんのところにいる」

「松永さんのところ……」

彼女の声がわずかに曇った。「やっぱり何かあったのね」

「そんなことはない。それより、そんなに何度も電話をくれたのか。悪かった」

「ちょっと話したいことがあるのよ」

「僕もだ。明日、学校で会おう」

彼らは待ち合わせの場所と時間を打ち合わせて電話を切った。

「むこうには、やつら、行ってないんだな」

松永が尋ねた。

「はい」

「じゃあ、あとの五人はどうしたのかしら……」

「考え過ぎかもしれんな。十人全部いっしょに動かなきゃならんということはないはずだ」

「そうですね……」

「残りの五人は、松田速人といっしょなのかもしれん」

松永が言う。「その松田速人がどこで何をしているかが問題だがな……」

「夜が明けたら、祖父と何とか連絡を取ってみるわ」

「できますか」

片瀬が尋ねる。「山のなかにおられるのでしょう」

「わからないけど、試してみます。連絡専門の人たちがいますので……」

「俺にゃ、もうひとつどうしても気になることがあるんだがな……」

松永は片瀬に言った。

「何でしょう」

「やつら、どうしてここへやってきたんだ」

片瀬と春菜は互いに顔を見合った。

「俺たち三人が、今夜ここにいるのを知っているのは誰だ。陣内平吉だけじゃないか。別れ際、あいつは俺たちの居場所を確認していったんだ」

片瀬は眼を伏せた。

「やつらは、ずっと僕らのあとをつけていたのかもしれません……」

「あまり説得力がないな」

それ以上、その件に関しては、片瀬も松永も話そうとはしなかった。

キャンパスのベンチにも雪が残っていた。

静香は、その白いベンチの脇にたたずんでいた。

「待ったかい」

片瀬は、彼女のうしろから声をかけた。

驚いて振り返ったとき、長い髪が揺れた。

「いいえ、今来たところよ」

「カフェテリアへ行こうか」

ふたりは歩き出した。

あたたかいコーヒーを買ってテーブルに着くと、静香は小声で言った。

「また見られてる……」

「気にすることはないさ。……で、話って何だい」

「ええ……」

静香は目を伏せた。「実は母のことなの」

「お母さんの……」

静香の母は、今は亡き服部宗十郎の末娘、夕子だった。

「私がおじいさまやおじさまのために働かされているときも、母だけは私の味方だったわ。私が普通の女子学生でいたいと思い、それがかなわない願いであることも、母は充分に承知して、私をなぐさめてくれた……。でも、このあいだの大地震のとき、松田速人に会ってから変わってしまったようなの」

「どういうふうに？」

「もはや服部の血脈を伝えるのは私しかいない。その自覚を持ちなさい——そう言うようになったのよ。まるで、おじいさまやおじさまが乗り移ったように……」

「ショックだったんだろう。君のおじいさん——服部宗十郎が亡くなって、服部家の闘いの歴史にピリオドが打たれたと思っていた矢先に、真津田一族が宣戦布告をしてきたんだからな」

「私はインドから帰って、しばらくの間平穏な日々を過ごすことができたわ。あなたのおかげよ。感謝してるわ。でも、あの幸福な家庭の姿は、みんなの演技の上に成り立っていたんだわ。私はまた闘いのなかに引き込まれて行きそうな気がする」

「逃げたっていいんだよ」

「逃げる」

「そう。逃げるのは卑怯なことでも何でもない。解決不可能なことから逃げるのは、正当な生きていくための知恵だ」

「いったい誰から逃げるというの」

「服部から、そして、荒服部の僕からも……」

「片瀬さんから……。本気で言ってるの」

「君の気持ち次第だ」

「私の気持ちって……」

彼女の語気はわずかに強くなった。「私が聞きたかったのは、そんな訳知り顔のこたえじゃないわ。私のほうこそ、片瀬さんの気持ちを聞きたいのよ」

「僕の気持ちか……」

「そうよ。片瀬さんはいつも私のことを気づかってくれたわ。私が傷つかないように――。私が余計な心配をしないように――。そう。いつも私の気持ちを第一に考えてくれたのよ。ものすごく贅沢(ぜいたく)なことを言わせてもらうわ。それじゃもの足りないのよ。私は、片瀬さんのはっきりした気持ちを知りたい」

「わかった」

片瀬は静かにうなずいた。「ちょうど僕もそのことを話そうと思っていたんだ」

静香はまっすぐに片瀬を見つめていた。

「君は服部の血を引いている。僕は荒服部の王となる血を引いている。僕たちがいっしょになることは、荒服部も含めて、再び服部の本家筋がひとつになることだ」

片瀬は、そこで一息ついた。「だが、今、僕は、そんなことはどうでもいいと思っている。僕は、知らずしらずのうちに、そういった血脈のしがらみのことばかりを考えていたようだ。荒服部の王という責任感の重さに負けていたのかもしれない。それは間違いだった。僕の正直な気持ちは、ただひとつだ。君が好きだ」

静香は、驚いた。彼女は、感情を包み隠さずに話す片瀬直人を初めて見たのだった。

彼女は言葉を失っていた。

「服部は闘いを運命づけられた血脈だ。それは、絶大な権力を約束されたときからの宿命だ。君が僕といっしょになるということは、君をまた闘いに引き込むということになる。君と同じように僕もまたそれをおそれていた。そして、迷っていた。だが、もう迷わない。君を絶対に手ばなしたくないし、これ以上、離れているのもいやだ。今、この時点から君とふたりで暮らしたい。それが僕の気持ちだ」

片瀬を見つめていた静香は、ふいにうつむいた。

片瀬は無言で彼女の言葉を待った。

「あなたにはわからないでしょうね」

静香が言った。

「何がだい」

「今、私がどんなに幸せか――」

片瀬は、吐息とともに全身の力を抜いた。

「わかるさ」

彼は言った。「僕だって同じ気分だ」


「捜査のほうは進んでいるのかね」

石倉良一内閣情報調査室長は陣内を呼びつけ、そう尋ねた。

「まだそれほどの進展はないようですがね……」

「首相誘拐の事実は、徐々にだが政府内に知れわたり始めている。人の口に戸は立てられないとはよく言ったものだ。いつ報道関係者や野党のうるさがたが嗅ぎつけんとも限らん」

「ご安心ください。われわれは、この事実を知っておくべき人間とそうでない人間を厳重に区別してチェックしております」

「われわれと言うのは、わが情報調査室のことかね」

「情報調査室と、危機管理対策室が、共同で作業に当たっています」

「その人名リストは、私のところにはとどいておらんのだがね……」

「あくまで現場レベルの問題です。それに、極秘を要しますので、ハードコピーは取っておりません。すべてソフトコピーで処理されています」

ハードコピーは、文書など形となって残るものを指し、それに対し、ソフトコピーというのは、コンピューターのディスプレイのみで扱われるものを指している。

「私にすべてを報告するように、と言ったはずだ。忘れたかね、陣内くん」

「いいえ、忘れてはおりません。それでは、その人名リストを呼び出すパスワードをお教えしましょう。文書でおわたしすることはできませんので……」

「やれやれ、コンピューターか……」

室長がつぶやいたとき、せわしいノックの音が響いた。

「何だね」

石倉室長は顔をしかめて言った。

勢いよくドアが開いた。上着を脱いでネクタイをゆるめたままの室員が立っていた。

石倉室長が、身だしなみにうるさいことは室員全員が知っていた。それをこの室員に忘れさせるほどのことが持ち上がったようだった。

室員は、石倉室長に一礼してから、陣内に言った。

「下条秘書官から緊急のお呼び出しです。何を措いても飛んで来いとのことです」

「ほう……」

陣内は室長を見た。

室長はおもしろくなさそうな顔で、手を振った。

「私の話はあとでいい。行きたまえ」

陣内は、にわか造りの危機管理対策室に駆けつけた。

室員たちは全員立ち上がっていた。下条によって選び抜かれた彼らが、放心したように立ち尽くしている。

皆、幽霊にでも出会ったような顔をしていた。

室員のひとりが、陣内に気づいて言った。

「下条室長は、総理の執務室でお待ちです」

「執務室……」

陣内は、赤い絨毯(じゅうたん)の上を駆けた。

執務室をノックすると、下条の声が聞こえた。

「誰だ」

「陣内です」

「入ってくれ」

陣内はドアを開けて、部屋に足を踏み入れた。

下条は、応接セットのソファにぐったりと身をあずけていた。

「どうしました。こんなところで」

下条は、宙の一点を見つめたまま言った。

「この部屋が……。この部屋が一番機密を保持できる」

「これまでだって機密の連続だったじゃないですか。何が起ころうと、そう気になさる必要は……」

「レベルが違うのだよ、これまでとは」

「われわれは、いちばん重要な点を忘れていた。これは首相の大きな誤算だった。われわれは組むべき相手を間違えたのだ」

「いったい何が……」

下条は初めて陣内のほうを向いた。

「岸(きし)内閣は安保条約の総仕上げとして、アイゼンハワー大統領を日本に招いて調印しようとしていた。それが、ある筋の一声でアイゼンハワー訪日は中止となった」

いつも無表情な陣内が眉(まゆ)を寄せた。

下条は続けた。

「中曽根は、側近の意見もかえりみず、靖国(やすくに)神社公式参拝の取りやめ、日本史の教科書の修正、藤尾(ふじお)文相の罷免を断行した。このときも、その筋が、近隣諸国の気持ちをいたく気にされていたのだという。つまり、中曽根は、自分の方針より、その筋のご意向を気にしたわけだ」

「何かお達しがあったのですね」

下条は陣内を見つめて言った。

「宮内庁長官を通じてたったひとこと、『荒服部と敵対してはならない』と」

「どうしてあの方のお耳に……」

「われわれは、政府内のすべての機関に対して配慮を怠らなかったと思い込んでいた」

「しかし、一番大切なところを忘れていたというわけですね。しかし、こればかりは……」

「そう。手の出しようがない。そして、われわれは甘く見ていたのだ、荒服部がいかに様々な存在と深くかかわっていたか。たかだか千年で変わってしまうほど弱い関係ではなかったわけだ」

「首相には……」

「すぐに電話で知らせた」

「すべての方針を、百八十度転換させなければなりませんね。私たちは、あらためて荒服部の側と手を組まねばなりません」

「私は今、胸をなでおろしているよ。形の上だけでも、片瀬直人と手を組むという話をしておいてよかったと思っているのだ」

「そうはうまく事が運ぶでしょうかね。彼らだって一筋縄ではいかない連中です。彼らは、十中八九、われわれのことを疑っていますね」

「もう一度会って話をし直さなくてはならんな。こちらから出向いてもいい。正直にすべてを話して、協力を乞わねばならん」

「松田速人の居場所も話すのですか」

「話さねばならん。重要な問題だ」

「片瀬が激怒するでしょうね」

「しかたがないさ。手遅れになるまえに、彼に伝えたほうがいい。すぐに片瀬直人に会えるように手配してくれ。その他の処理については、危機管理対策室でリストアップして、後ほどとどけさせよう」

「わかりました」

陣内は出て行こうとした。

「巨大な権力の夢か……」

下条はつぶやいた。

「は……」

陣内は立ち止まった。

「総理や松田速人でもとどかぬ夢なのだな。まして、この私になど……。荒服部と日本の歴史――何ということだ。この権力構造に比べれば、金権選挙など一夜の夢だ」

「地味なものほど強固なものです」

下条はソファから立ち上がった。

「だからと言って私はすべてをあきらめたりはしない」

彼は背広の襟を引っぱって、服装の乱れを直した。「生きているあいだに、行けるところまで行ってみせる」

陣内はかすかにほほえみ、下条に一礼して首相執務室を出た。

16

「少尉」

シュア・ロディ准尉がマスジット・シン少尉に話しかけた。

「どうしたロディ。情けない声を出すな」

「どうしてわれわれはすぐに殺されなかったのでしょうね」

「簡単なことだ。私たちから政府軍の情報を聞き出せると思っているのさ」

「私は、ランジート・シングを見て驚きました。中国軍かと思ったのです。しかし、日本人と聞いて、さらに驚きました。いったい日本人が何の目的でシーク教徒過激派に資金援助をしているのでしょう」

「わかるものか、ロディ。あの極東の小さな国については、誰も何もわからんのだよ」

シン少尉は、自分たちが閉じこめられている大理石の部屋を見回した。

彼は、どんな状況に置かれても、決してあきらめない男だった。

部屋は実に堅牢なものだった。

窓はなかった。申し訳程度の電球が点っており、なかは薄暗かった。

この部屋にいると、夜と昼の区別もつかなくなってくる。それだけでも、充分に精神的な苦痛だった。

もともと寺院のなかに、何の目的でこんな部屋が作られたのだろうとシン少尉は考えた。

何かの倉庫だったのかもしれない。

少尉は、四方の壁を注意深く叩き始めた。

その目的を悟ったロディ准尉は、すぐさま立ち上がって、同じことを始めた。

「いいぞ、ロディ」

少尉は言った。「愚かな試みでも、試みることは恥ではない。あきらめることこそが恥なのだ」

ふたりは無言で壁を叩き続けた。

背のとどかないところは、ロディがシン少尉を肩車して調べた。

しかし、彼らの努力は実らなかった。

ロディは冷たい石の床に腰を降ろした。

「やっぱりここから抜け出すのは無理のようですね」

「ふん」

シン少尉はなおも部屋を見回しながら言った。「ならばチャンスを待つさ」

そのとき、重たいきしみを上げて、厚い一枚板のドアが開いた。

イクバルが、ふたりの銃を持った男といっしょに石の部屋のなかに入ってきた。

イクバルは、ふたりをじっくり観察するように眺め回した。

「仕事をしてもらう」

彼は言った。「そのために生かしておいたのだ」

「何をするのだ」

シン少尉が尋ねた。

「情報を流してもらう。われわれシーク教徒は、今後、攻撃目標を再びデリーに変更するという報告を、政府軍に送るのだ」

「……で、それはにせの情報なわけだ。あんたたちは、さらにハリドワールやリシケーシュの奥深く入り込むということだな」

「それは知らなくてよいことだ」

「なぜなんだ」

シン少尉は尋ねた。「なぜ、ハリドワールやリシケーシュの町にこだわる。ただ単に、あそこが熱心なヒンズー教徒の町だからというわけではあるまい」

「それも知らなくてよいことだ」

「政府軍に情報を送れと言ったな。私が暗号を使ってまったく違う報告をするかもしれないだろう」

「政府軍の動きを見ていれば、君がどんな情報を送ったかはすぐにわかる。もしわれわれの言うとおりにしなかったとわかったときは、君と君の部下は死ぬのだ。特に君の部下は楽な死にかたはできないと思うがね」

シン少尉は、奥歯をかみしめた。

「どうやって政府軍の動きを見張るつもりだ」

イクバルは笑った。

「どうして自分たちの正体があばかれたか考えなかったのかね。思い出してみるがいい。ガンジー首相を処刑したのは誰だったか。本物の首相警護員だったのだよ。シーク教徒はどこにでもいる。それを忘れんことだ」

「政府軍のなかにもいるということだな」

「会話の時間を与えた覚えはない。さ、ついて来るんだ」

「それがおまえたちの独立運動か」

ロディ准尉が激情にかられて叫んだ。

イクバルと、銃を持ったふたりが振り返った。

ロディは言った。「日本人に操られ、罪もない無抵抗のヒンズー教徒を無差別に殺していく。それがシーク教の誇りか」

「少尉。君の部下を黙らせたまえ」

シンはロディをおさえようとした。ロディはやめなかった。

「今、おまえたちがやっていることは、このインド亜大陸の歴史が始まって以来最大の恥ずべき行為だ」

銃を持った男が歩み出た。

小銃の台尻でロディの顎を殴り飛ばした。

ロディはのけぞって、倒れた。唇が切れて血がしたたった。ロディは、その傷を左手でおさえた。

イクバルが言った。

「ロディ准尉。無駄死にしたくなかったら、おとなしくわれわれに従うことだ。言っておくが、われわれは日本人に操られているわけではない。取引をしたのだ」

「取引だと」

シン少尉が注意深く尋ねた。「シーク教徒でもない日本人に、ランジート・シングを名乗らせ、北インド一帯を無意味に荒らしまくるのが、いったいどんな取引だと言うのだ」

「戦いには金がいる。ランジート・シングはその資金をわれわれに提供してくれた。われわれは、その代償として、組織力を駆使してランジート・シングの人探しを手伝っているのだ」

「人探しだと……。あの日本人は犯罪者に違いない。おまえたちは利用されているんだ」

イクバルは、シン少尉の言葉をあっさりと無視して、背を向けた。

「連れて来い」

ふたりの男が、シン少尉とロディ准尉に、小銃の銃口を向けた。

シン少尉は、てのひらについた血を見つめながら立ち上がった。

ロディ准尉は、ロディを見つめていた。ロディはそれに気づいた。彼はシン少尉の眼(め)が語っていることを即座に理解した。

ロディはのろのろと身を起こしたが、一転して速い動きになった。

自分に向けられている銃の先端を握り、銃口を体からそらすとともに、強く引いた。銃を持っていたシーク教徒は、負けまいと引き返した。

その瞬間にロディは逆に銃を押しつけてやった。銃床がシーク教徒の腹を突いた。続いてロディはその男の股間を蹴り上げた。

彼は小銃を手に入れていた。

それは、ほんの一瞬のできごとだった。

もうひとりのシーク教徒は動転して、ロディに銃を向け発砲した。だが弾は大きくそれていた。

彼はあやまちを犯した。シン少尉のことが一瞬頭から消し飛んだのだった。

シン少尉は狙いすまして、その男にフックを見舞った。

シン少尉の拳は、頬骨をとらえていた。

腰を充分にひねった右アッパーがとどめの一撃となった。

シン少尉は、小銃をもぎ取り、出口に向かった。

ロディは、自分の相手の耳のうしろに、小銃の台尻を叩き込んでいた。シーク教徒は気を失った。

石の小部屋を出ると、イクバルが立っていた。

彼は自動拳銃を取り出したが、決定的な不利を悟り、回廊の奥へ逃げ出した。

ロディはイクバルを追おうとした。

「かまうな」

シンは叫んだ。

「しかし、応援を呼んできますよ」

「そのまえに逃げ出すんだ。幸い私たちは、やつらと同じ恰好をしている。庭園まで出てしまえば、私たちが敵か味方か見分けはつかなくなるだろう。さ、こっちだ」

過激派ゲリラたちも、徹底的に鍛え上げられ、死線をいくつも越えてきた特殊部隊の精鋭の敵ではなかった。

寺院内を駆け回る警護の連中をやり過ごし、歩哨をナイフで沈黙させ、影のようにふたりは進んだ。寺院内の構造はすでに頭に入っている。

「やったぞ、神はわれわれの味方だ」

外へ出ると、シン少尉はつぶやいた。「日が暮れている」

ロディは言った。

「この池を泳ぐしかないようですね」

「できるだけ潜って行くんだ。水を呑むなよ、ロディ。あらゆる雑菌がうようよしている。さ、ここからは別々に行動するんだ。どちらかが生き延びる確率が高くなる。ハリドワールの駐屯地で会おう」

寺院内では、またたく間に喧騒が広がっていった。

ふたりは、それを尻目に、静かに体を池のなかにすべり込ませた。

「何ごとだ」

ランジート・シングは日本語で言った。

「申し訳ありません」

イクバルも、見事な日本語で答えた。「政府軍のふたりに逃げられました」

ランジート・シングは、ガラスの灰皿を床に叩きつけた。

「間抜けどもめ……」

イクバルは言い訳をしなかった。彼は誇り高い知性派で、人にあわれみを乞うことを最も嫌うのだった。

イクバルは、無言でランジート・シングの命令を待った。

「こうなったらぐずぐずしてはいられない。明朝、日本から私の手下が五人やってくる。そうしたら、私もリシケーシュへ向かう。準備をしておいてくれ。私と同行できるゲリラを何人かそろえるんだ」

「わかりました。すみやかに……」

イクバルは退室した。

ランジート・シングはくだけた灰皿の破片を、足で遠くへ押しやり、窓の外の夕闇(ゆうやみ)を見つめた。

「バクワン・タゴール」

彼はつぶやいた。「必ず見つけ出してやるぞ」

大学の正門を出ようとした片瀬と静香は、地味な紺色の背広を着た男に呼び止められた。

他に、似たような服装の男がふたりいた。

「片瀬直人さんですね」

片瀬はうなずいた。

「内閣情報調査室の者です」

彼は丁重に身分証を提示した。「ずっとお探ししておりました」

男のうしろには、黒塗りの公用車が駐まっていた。

「下条首相秘書官と、陣内次長が、緊急の用件でお会いしたいとのことです」

「緊急の用……」

「はい。車へどうぞ」

片瀬は静香を見てから言った。

「わかりました。同行します」

「待って……」

静香が言った。「私も行くわ。いいでしょう」

片瀬は紺色の背広の男に言った。

「水島元蔵相の娘さんです。あなたがたには、服部宗十郎の孫と言ったほうがわかりやすいでしょうか。彼女もいっしょでかまいませんね」

男はうなずいた。

「どうぞご随意に」


片瀬たちは、おなじみの総理府の会議室に案内された。

そこには、松永と松田春菜、そして、驚いたことに松田啓元斎がいた。以前見たときと変わらず、見事に背広を着こなしている。

白髪に白いひげの老人は、たいへんスマートな印象を与える。

松田啓元斎は立ち上がり、片瀬に深々と一礼した。

「春菜と連絡が取れましてな……。急な呼び出しだということだったので、わしもこうして駆けつけた次第です」

「山の様子はどうです」

啓元斎はかぶりを振った。

「今のところ、手の打ちようもありません。山のなかの乱れは、必ず里にも影響をおよぼすと言われております。それを憂慮しておる次第で……」

「松田速人の行方は」

「申し訳ございません。いっこうにつかめぬままなのです。一度ならず二度までも、わが真津田の面倒事で、荒服部さまをわずらわせ、何と申し上げてよいやら……」

「いえ。真津田も服部もありません。ワタリの世界の乱れは、この僕の責任でもあるのです」

啓元斎はぱっと顔を上げた。

「たのもしいお言葉じゃ……。心してうけたまわっておきます」

松永と春菜は、静香との再会を喜んだ。

松永は片瀬のほうを向いた。

「しかし、荒真津田の手の者がこれだけ探して見つからないというのは、どういうことなんだろうな」

啓元斎は言った。

「もしかすると、この日本のなかにはいないのかもしれません」

松永と片瀬は、同時に啓元斎の顔を見つめた。

そのとき、ドアが開いて、下条と陣内が現れた。

下条は一同を見回して言った。

「これはすばらしい。すべての顔触れがそろっている」

松永が言った。

「そう。こっちはベストメンバーでのぞんでいるんだ。つまらん話だったら試合放棄しちまうぜ」

「片瀬くん。私は君にあやまらねばなりません」

松永と片瀬は思わず顔を見合わせた。

下条は続けて言った。

「私たちが先日、手を組もうと言ったのは、本心からではなかった。君たちを、われわれの眼のとどくところに置いておきたかった――それが目的だったのです」

「つまり――」

松永は言った。「あんたたちは、片瀬と組むふりをして、実は松田速人と組んでいたというわけか」

「そのとおりです」

下条は、首相誘拐のからくりを話した。

「そんなこったろうと思ったぜ」

松永が下条と陣内を睨(にら)みつけて言った。

「これは、首相と松田速人が計画したことなのです。首相は――わが政府は、荒服部と敵対し、松田速人を支援する決定を一度下したのです」

「片瀬を抹殺するのに手を貸そうとしたわけだ」

「そういうことになります」

「松田速人は片瀬を始末して、葛野連(かどののむらじ)の宝剣を手に入れ、服部宗十郎の持っていた絶大な権力――つまりワタリの民の統治権を手に入れようとしていた。首相がそれに手を貸したってことは、その権力を後ろ楯(うしろだて)にする取引が交されたと考えていいんだな」

松永が言うと、下条はうなずいた。

「そのとおりです。総理は、松田速人が手に入れる絶大な権力をバックに、与党内で圧倒的に優位な立場に立つことを考えておりました。もし、それが実現すれば、現在の派閥争いがまったく無意味なものになったでしょう」

「何ということじゃ……」

松田啓元斎は、愚かな者たちをあわれむ眼をしてつぶやいた。

下条はそれを無視して言った。

「しかし、われわれは、決定を百八十度くつがえさねばならなくなりました。われわれは荒服部の側につくことにしました。すべての機関の進路修正もすでに完了しています。今度こそ、本当に私たちはあなたがたと手を組もうとしているのです」

「信じろと言うのか」

松永が言った。「虫のいい話だ」

片瀬は静かに言った。

「なぜ一度下した決定をくつがえすことになったのですか。その理由を教えてください」

下条はこたえた。

「その筋からのお達しがありました。『荒服部には敵対するな』と。私たちは、荒服部の日本の歴史へのかかわりをあなどっていたのです。総理はそのことを知ると、即座に、松田速人との取引をあきらめることにしました」

片瀬すら、その事実に驚いていた。

「当然じゃ」

ひとり松田啓元斎だけが平然としていた。

「荒服部の王と政府が敵対するなど、その筋が黙っておられるはずがない」

松永は陣内に言った。

「ゆうべ俺たちは、松田速人の手下どもに襲われたんだ。俺たちの居場所をやつらに知らせたのはあんただな」

「そうです」

陣内は顔色ひとつ変えなかった。「きのうまで私は、そういう立場にいましたから。でも今日からは違います」

「都合のいい男だな」

「でも、あなたがたは決定的な打撃を受けたわけではないでしょう。敵はあっさり引き揚げた。違いますか」

松永は陣内の顔を見つめ、それから片瀬を見た。

片瀬は陣内に尋ねた。

「彼らは、本気で僕たち三人を襲ったわけではないと……」

陣内はうなずいた。

「松田速人は、あくまでも自分の手であなたを葬りたいと考えていたのですよ。また、彼以外の人物があなたにかなわないのも事実です。ハフムシたちがあなたがた三人を襲ったのは、あくまで、松田速人の行動から眼をそらすためだったのです」

「松田速人がどこにいるのか知っているのですね」

「もちろんです」

陣内はうなずいた。

下条が陣内に代わって言った。

「私たちは、その点で片瀬くんに詫びなければならない。君の怒りを買うことを覚悟している」

「どういうことでしょう」

「私たちは、バクワン・タゴールがインドのリシケーシュにいることを松田速人に教えたのです。彼は、バクワン・タゴールを——君と同じ血脈の祖先を持つ老人を探しにインドへと旅立ったのです」

片瀬は、言葉を失った。

バクワン・タゴールは、片瀬直人にとって安らぎの象徴だった。同じ祖先の血脈が、インドの老修行者によって、ひっそりと守り伝えられている——そう考えるだけでまるで故郷を思うように心があたたかくなるのだ。

今、初めて片瀬は、下条と陣内に怒りと憎しみを覚えた。

下条は言った。

「松田速人は、シーク教徒過激派とわたりをつけ、ランジート・シングと名乗り、バクワン・タゴールを探し求めているはずです。松田速人が相互銀行から動かした巨額の金はシーク教徒と取引するための軍事資金だったのです」

片瀬は怒りに燃える眼で下条と陣内を見つめ、立ち上がった。

彼は、部屋を出て行こうとした。

「どこへ行くのです」

下条が言った。

片瀬は振り返った。

「インドへお発ちになるおつもりでしょう」

片瀬は何も言わなかった。

「せめてわれわれに、旅行の手続きをさせてください。それが一番早いはずです」

「あなたたちの手は借りたくありません」

「お気持ちはわかります。しかし、あなたは一日でも一時間でも早くインドへ行きたいはずだ。せめてもの罪滅ぼしに、費用、手続きすべてを、われわれにまかせていただきたい」

「そうしろよ、片瀬」

松永は言った。「こいつらはこれまでさんざん俺たちを利用したんだ。少しは利用してやらんとな」

片瀬は一同の顔を見回した。彼は冷静を取りもどして、席にもどった。

「私も行くわ」

水島静香が言った。「私の手続きもしてください」

皆は片瀬を見た。片瀬は何も言わなかった。

「止めないのか」

松永が尋ねた。「危険な旅行だ」

片瀬は松永に言った。

「彼女は覚悟しているはずです。彼女も服部の一族なのです。彼女が望むなら、僕は連れて行きます」

「それなら、俺も行こう」

「いえ」

片瀬はかぶりを振った。「松永さんには日本に残ってもらいたいのです。そして、啓元斎さんと春菜さんを助けてあげてください」

松永は啓元斎を見た。

啓元斎はうなずく。

「日本に残っとるハフムシらの一味を片付けにゃならんでな」

松永は春菜を見てから、片瀬のほうに向きなおった。

「わかった。あんたの言うとおりにするよ。こっちはまかせてくれ」

下条が言った。

「ほかに、私たちにできることはないでしょうか」

「これ以上、僕たちに関わらないでください。あなたたちとの関係はこれが最後です」

「わかりました」

下条は言った。「しかし、忘れないでください。私たちは荒服部の側についたのです」

17

陣内平吉が、警視庁六階の会議室を訪れたとき、室内は、異様な沈黙に包まれていた。明らかに激しい議論の嵐(あらし)が吹き荒れたあとだった。

陣内を見て、舟越警視がさっと立ち上がった。

板橋警部は、テーブルに肘(ひじ)をついたまま、横目で陣内を睨みつけただけだった。他の刑事たちは一様に苦い顔をしている。

「警視正」

舟越警視が言った。「私は、今まで彼らに、警察官の本来の役割について説明していたところです。われわれは、真の権力闘争を支援し、権力者を擁護しなければならないと――」

陣内は舟越を眠たげな眼で一瞥(いちべつ)した。

「真の権力闘争？　何を言ってるのですか、あなたは」

舟越警視の顔から意味ありげな笑みが消えた。

陣内は言った。

「そんな話をしている暇はないはずです。総理は軽井沢の別荘に監禁されています。すみやかに救出してもらいたい」

舟越警視は、うろたえた。

板橋警部が意外そうに陣内を見つめた。

「どういう風の吹き回しです、警視正」

「何を呑気なことを言っているのです。秘密裡に、総理を救出するのは、君らの役目です。現場の指揮は、板橋警部、あなたにお願いします」

「救出？　犯人との取引はどうなったんです」

板橋は尋ねた。「話はついているんでしょう」

「そんな事実はありません」

陣内はきっぱりと言った。「いいですか。きわめて危険な任務ですが、応援は最小限にしぼってください。この六人で片付けられれば、それが望ましいと私は思います。やってくれますね、板橋警部」

「何が何だかわからんが、そうとくれば、こっちの領分ですよ。まかせてください。しかし、どうしてまた……」

「なぜかは訊かないでください。あなたの信ずるものが勝った――そう思っていただいてけっこうです。つまり、正義というやつですな」

板橋は苦い顔をした。

「かんべんしてください。あんときのことは思い出すと顔から火が出そうだ」

「舟越警視」

「はい」

「ごくろうでした。現時点であなたをこの特捜班から解任します。通常勤務にもどってください。軽井沢へは、私が同行することにします」

首相は、軽井沢の別荘で、ひっそりと救出を待っていた。暖炉で、薪が勢いよく燃えており、部屋のなかはあたたかだった。

しかし、居間にいるもうひとりの男の不気味な眼差しのせいで、首相は冷えびえとした気分を味わっていた。

ハフムシと五人の手下は、この別荘へ引き揚げてきていた。

ハフムシは、お達しの件をまだ知らずにいる。首相と自分たちがまだ手を組んでいるものと信じているのだった。

首相が寝返ったことを知られずにいるうちは、首相の身の安全は保障されている。救出はその間に行われなければならないのだ。

首相は緊張していた。

ハフムシは何を考えているかわからない男だった。

首相はハフムシに緊張を悟られまいと努力を続け、ひたすら待つしかなかった。

松田春菜の運転するランドクルーザーが、凍った路面をものともせず、たくましいエンジン音を上げて、山道へと進んでいた。

ランドクルーザーには、啓元斎と松永が乗っていた。

「まいったな」

松永がぽつりとつぶやいた。

松田春菜の鋭い耳は、エンジン音とそのつぶやきを区別していた。

「何をぼやいてるの」

「片瀬には、まかせてくれ、なんて言っちまったが、俺は、根っからの都会っ子なんだ。山ん中なんて苦手なんだよ」

「音を上げたら、私が助けてあげるわ」

松永は真顔で言った。

「そんときは、たのむよ」

春菜は、笑い出した。

夜を待って、松永たちは行動を起こした。

車のエンジン音を聞かれたくなかったので、ランドクルーザーを降り、別荘へは徒歩で近づいた。

三人は、動きやすいスキーウエアを着て、軽い雪山専用の靴で足を固めていた。

「荒真津田に味方するワタリの人々は、助けてくれないのかい」

松永は啓元斎に尋ねた。

「彼らは、この闘いの行方を見守っておりますのじゃ。これは、私らだけで片付けねばならぬ問題です。ワタリをこれ以上闘いに巻き込むと、闘いが闘いを呼び、いっそう混乱が広がってゆきます」

「たった三人の決死隊か……」

「だいじょうぶ」

春菜は言った。「守る側より攻める側が断然有利なんですからね。それに、これは奇襲なのよ。さらに有利なわけよ」

松永は、うなずいて別荘の柵(さく)を見上げた。

鉄製の柵で、槍(やり)を並べたような形をしている。とがった穂先が天を向き、ずらりと並んでいる。

雑木林に囲まれた別荘が、周囲に点在していたが、人のいる気配はなかった。

「たぶん、電子警報装置や、テレビカメラのモニターがしかけられてるはずだ」

「かまわないわ。泥棒に入るわけじゃないのよ」

「じゃあ、突入するぜ」

松永は、柵に飛びついた。槍の穂先に注意しながら、柵を越える。

春菜も軽い身のこなしで柵を越えた。松永が驚いたのは、啓元斎の身軽さだった。

彼は柵に手と足をかけると、ほとんど飛び越えるようにふわりとこちら側へやってきた。

三人が侵入したとたんに、黒いトレーニングウエアの男たちが邸内から飛び出してきた。

警報装置が働いたのだった。

松永たちは、右手の雑木林へ走った。雪は二十センチほどの深さがある。松永のスピードは、自分でいら立つほど遅い。それに比べ、近づいてくる黒い男たちは、雪をものともしていない。

気づくと春菜と啓元斎も、すでに林のなかへ駆け込んでいた。

黒装束の男たちのひとりが、松永に向かってきた。

彼らは問答無用で攻撃してきた。

片方の膝を高く上げながら、危険な人指一本拳を顔面めがけて打ち込んでくる。

松永は、その速い拳を掌底ではじいた。

次の瞬間、高く上がっていた膝がバネのように伸びた。

その蹴りは、金的を狙っている。松永は、てのひらで、外側に払った。

だがそのとき、松永はバランスを崩して転倒してしまった。

突きや蹴りを受けたり払ったりするとき、わずかに、足を移動するのが実戦の原則だ。相手の攻撃ポイントを避けると同時に、受けた次の瞬間すぐ攻撃できる有利なポジションを取ることができるからだ。

松永は反射的に、そのステップを使ってしまった。しかし、雪のため足が動かなかったのだ。

敵は、松永を蹴り降ろしてきた。

横に転がり、辛うじてそれをかわす。

敵は、松永が起き上がるより早く馬乗りになってきた。両膝で松永の腕をおさえつけている。

男は、右の人差指と中指だけを伸ばし、肩口にかまえた。左手で松永の顎をつかむ。

眼を狙っているのだ。

松永は、吐き気がするほどの生理的嫌悪感を覚えた。

彼は、右足を振り上げた。空手の高段者は、関節がやわらかい。松永も例外ではなかった。

右足は鞭のようにしなって、敵を背後から襲った。

思わず敵は前のめりになった。松永の右手が自由になった。倒れかかってくる敵の顔面めがけて、咄嗟に右の裏拳を出した。

見事なカウンターになった。雪の上に、相手の鼻血がぱっと散った。

だが、不利な体勢から出した技だったので決定打にはならない。

松永は、ひるんだ相手の頬に、下からフックを放った。敵は松永の上から転がり落ちた。

松永は立ち上がった。

敵は、あわてて起き上がり振り向いた。松永はそれを待っていた。

相手の足を蹴り降ろすような低い回し蹴りを放つ。敵は片膝をつこうとする。その落ちてくる顔面に、思いきり膝を叩き込んだ。

敵は雪の上に崩れ落ち、眠った。

林のなかを見ると、黒い服の男たちが宙に弧を描いて投げ出されていた。

春菜は、襲いくる敵の突きをぎりぎりでかいくぐり、ふところに入るや否や、高度な関節技を使っている。

それが、敵に触れただけで宙に投げ飛ばしているように見えるのだった。

投げ出された相手はすぐさま立ち上がる。

そこに啓元斎が音もなく忍び寄った。

彼は、男たちの腹あるいは胸にそっとてのひらを当てた。

次の瞬間、敵の体は自動車にひかれでもしたかのようにはじき飛ばされた。

すさまじい『発勁(はっけい)』だった。

男たちは、木立に全身を打ちつけ、雪の上に崩れ落ちた。

松永が苦労してひとりを倒すあいだ、春菜と啓元斎は四人の男たちを昏倒(こんとう)させていた。

「これで全部かな」

松永は春菜に言った。

「あと五人いたはずよ。それにハフムシも……」

「半分はあの別荘のなかかな」

「いいえ、きっと速人のもとへ向かったんだと思うわ」

「わしもそう思います」

啓元斎が言った。

「じゃあ、残るはハフムシってやつだけだ」

「油断のならない男よ」

松永は別荘に向かって歩き出した。「一気に片をつけてやろうじゃないか」

「いったい何が起こったのかね」

首相は暖炉のそばに置いたロッキングチェアから立ち上がって言った。

ハフムシは、窓に近づき、外の闇をしきりに見透かそうとしていた。

「こっちが訊きたい」

彼は、振り向いて首相を睨みつけた。「まさか、われわれを裏切ったんじゃないだろうな」

「何を言っている。そんなことをして、私に何の得があるのだね」

ハフムシは、首相の腹の底を読もうと努力した。それは無駄なことだった。彼は、窓のほうに向き直ってつぶやいた。

「林のなかで何かあったようだ。ここからじゃ見えない」

「君……」

首相が話しかけた。「私はいったいいつまでここにいなければならないのだね」

ハフムシは、首相に背を向けたまま言った。

「代わりの人質が手に入るまでさ」

「インドの何とかという修行者のことかね」

「そのとおり」

ハフムシが言って振り返った。

ドアが勢いよく開いた。

「何ごとだ」

ハフムシは怒鳴った。部下のしわざと思ったのだ。他の人間が、ここまで侵入することはできないとハフムシは考えていた。それだけ、手下たちの腕を信用していたのだった。

居間に飛び込んできた三人を見て、ハフムシの顔色が変わった。

首相も立ち尽くしていた。

首相はてっきり、顔なじみの下条や陣内がやってくると思っていたのだった。彼は、スキーウエアを着た奇妙な三人組が味方だと瞬時に判断することができなかった。

ハフムシの頭の回転のほうがわずかに早かった。

彼は首相の襟首をうしろからつかみ、首相を楯にした。

「ハフムシ」

春菜が厳しい声で言った。「これ以上、真津田一族の恥をさらすことは許しません。首相をはなしなさい」

「ほう……」

ハフムシは、頭のなかで逃走路をあれこれ考えながら言った。「私を許さない……。どうなさるおつもりです」

「おまえの命をもって、罪をつぐなってもらう」

静かに啓元斎は言った。その口調は厳粛な儀式を思わせた。

「罪と言われますか」

ハフムシは奥歯をかみしめた。「これは真津田のため、ひいてはワタリの民のためを思ってやっていることです」

「詭弁を聞く耳は持ちません」

春菜は言った。

松永は、突進するチャンスをうかがっていた。

しかし、ハフムシは、首相の首を押さえ動きを封じていた。へたに動けば、ハフムシは首相の首を簡単に折ってしまうだろう。

ハフムシが言った。

「俺を殺す――。それもいいでしょう。だがそのまえに、一国の首相の命がなくなります。試してみますか」

松永は、わずかに横へ移動しようとした。

ハフムシは、左腕を首相の首に回し、右のてのひらをその頭にぴたりと当てた。

「動くんじゃない。今度、動いたら首相の命はない」

てのひらをあてがった目的は明らかだった。脳を直接破壊する、禁じられた真津田の拳法技を使おうというのだ。春菜と啓元斎は、その状態からだと百パーセント失敗することなく脳を破壊できることを知っていた。

ハフムシは、その恰好のまま、首相を引きずるようにして少しずつ窓に近づいた。一間四方の大きな窓だ。観音開きになっており、そのむこうはバルコニーだった。

ハフムシは、外へ出てしまえば逃げ切れると思っていた。

雪の山道を駆け抜けることは自信があった。たとえ追手が荒真津田であっても、所詮(しょせん)女と老人に過ぎない。体力は自分のほうがはるかに優(まさ)っているし、走る速さも自分のほうが上だ——彼はそう計算していた。

ハフムシの手が、窓のサッシのロックにかかった。

啓元斎も春菜もすでにハフムシを捕えることはあきらめかけていた。

何よりも首相の命が大切だった。ハフムシは今、逃走しようとしている。となれば、当然首相を連れては行けない。

彼らは、ハフムシを捕えることよりも首相の安全を選んだのだった。

しかし、ハフムシは思いがけない行動に出た。

窓を開けたとたん首相の頭部に、おそろしい真津田の『発勁』を見舞おうとしたのだった。

その瞬間に、窓から光芒(こうぼう)が差し込んだ。

ハフムシは反射的にそちらを見てしまった。彼の眼がくらんだ。じっと機をうかがっていた松永が頭から首相めがけてジャンプしていた。首相は床に転がった。松永はその上に覆いかぶさる形になった。その上を影が通り過ぎていった。

啓元斎だった。

老人は、その体が宙にあるうちに左右あわせて三本の蹴りを放っていた。松永はそれを肩越しに見ていた。信じられない思いで目を見張っていた。空中で左右二本の蹴りまでならたいていの者が出せる。空手では二段蹴り、中国武術では二起脚という技だ。しかし、二本と三本ではまったく事情が違う。この一本の差が常識を超えるか超えないかの差となるのだ。

ハフムシは、その三段蹴りを軽々と見切ってバルコニーへ出た。

彼は立ち止まって啓元斎と対峙(たいじ)することだけは避けた。

力量の差がある者と、向かい合って対戦するのは愚かなことだった。とにかく動き回っていれば、逃げるチャンスができる。うまくいけば、啓元斎を殺すことも可能だ――ハフムシはそう考え、バルコニーを乗り越えた。

彼は林のなかへ駆け込んだ。

松永は起き上がり、首相に手を貸した。

「すごいタックルだったな」

首相は松永に言った。「敵か味方か一瞬わからなくなったぞ」

「ああしなければ、首相の命が危なかったのです」

「わかっておる。君が松永くんだな。下条から聞いている」

松永は、バルコニーへ出て、差し込んだ強烈な光の正体を見た。二台の車がこちら向きに駐まっていた。光はそのヘッドライトだった。

その光のなかから、数人の影が駆けてきた。

逆光で顔がわからなかった。

「誰だ」

松永はバルコニーの上から叫んだ。

「松永さん」

聞き慣れた声が返ってきた。「首相は無事ですか」

「陣内か。ああ無事だ」

「犯人グループはどこです」

「大半は、あの林のなかで倒れているよ」

板橋警部が刑事たちに何ごとか指示した。

刑事たちは林のほうに駆け出した。

松永は、部屋のなかにもどって春菜に言った。

「あんたのおじいさんが心配だ。応援に行こう」

春菜は松永の腕を引いてかぶりを振った。

「真津田の問題です。これだけは祖父にまかせてください」

ハフムシは、木立の間のあちらこちらに倒れている手下たちを見て舌打ちしていた。彼らのうち誰かが意識を取りもどしてくれることを願った。しかし、その願いはむなしかった。

ハフムシはやみくもに駆けた。

彼の心に恐怖が湧き上がりつつあった。

呼吸がしだいに激しくなり、自分が白い息を吐いているのを見た。

突然、彼は立ち止まった。

林の静寂が重苦しくハフムシにのしかかった。風の音も聞こえない。

啓元斎の姿は見えなかった。気配も感じられない。

ハフムシは、大木の幹に身を寄せた。あたりをしきりにうかがう。

唐突に彼は跳躍し、枝につかまった。反動をつけ、身をはね上げ、さらに上の枝へ飛び移る。

そこで彼は呼吸をととのえ、印（いん）を結んだ。自己暗示で心を澄まし、同時に気配を木々と同化させるのだ。

シノビの戦いだった。

本来のシノビの戦いというのは、手裏剣やくないを投げ合ったり、爆薬を使ったりという派手なものではない。体力と知恵の限りを尽くして戦う肉弾戦なのだ。

ハフムシは恐怖心を克服しようとしていた。

それが間違いだった。恐怖心は、そのまま心のなかに残しておけばいい。自然界のどんな動物も、戦うときには恐怖心を抱いているのだ。

彼は、啓元斎の気配を捕えた。

ハフムシは、今や大胆に振る舞うことこそ正しいと信じ込んでいた。

彼は迷わず飛んだ。枝づたいに啓元斎の気配を追う。ムササビのような速さだった。

啓元斎は下にいる。ハフムシはそう感じていた。

枝のしなりを利用して勢いよく跳んだ瞬間、啓元斎の気配が消えた。

次の瞬間、ハフムシよりさらに高いところを飛ぶ啓元斎の影が見えた。

「空蝉（うつせみ）……」

ハフムシは、心のなかで叫んだ。そのときはもう遅かった。空中にいるハフムシを、啓元斎が蹴り落とした。

ハフムシは、辛うじて雪の上で受け身を取った。

すぐさま、頭上から啓元斎が襲いかかってくる。ハフムシは、天に向かって人指一本拳を突き出した。

ハフムシの拳は、落下してくる啓元斎の胸の中央を突くように見えた。胸骨を砕いた――ハフムシはそう確信した。

しかし、手ごたえはなかった。

啓元斎はまっすぐ落下しなかったのだ。老人は、かたわらの大木を蹴ってハフムシの後方にふわりと着地していた。

啓元斎は自ら、禁じ手の封印を解いた。

ハフムシは振り返る間もなかった。

老人の手がハフムシの後頭部に触れる。

鋭い呼気の音が響いた。

ハフムシの四肢が、バネのように一瞬伸びきった。

次の瞬間、ハフムシの耳や鼻から血がほとばしった。

啓元斎はハフムシが雪に崩れ落ちるのを待たず背を向けた。

彼は、数人の駆け足の音が近づいてくるのを聞いて、その場から姿を消した。

刑事のひとりが言った。

「おおい。こっちにもひとり倒れてるぞ」

18

「どうやら見つけたようですよ、ランジート・シングさま」

イクバルは、建物に入ってくるなり、松田速人に向かって、日本語で言った。

松田速人は、リシケーシュの町へ入っていた。

彼はシーク教徒のゲリラが占拠した、ガンジス河畔のアーシュラムのひとつに陣取っている。

松田速人のほかに五人の男たちがいた。日本から駆けつけた腕ききの手下たちだった。

松田速人は、ターバンも巻かず、ひげもつけていなかった。半袖のサファリジャケットを着ており、旅行者のように見えた。

彼はイクバルの話をうながした。

「山地に入ると、自然の洞窟をアーシュラムとしている師が何人かいます。捕えたヒンズー教徒から聞き出したところによると、そのなかに、確かに異教の修行者がいるということです」

「異教の修行者……」

「仏教徒の称号である『アルハット』を一族の名としているということですが……」

松田速人は笑った。

「間違いない。すぐにこの町を引きはらって山へ向かう。行軍の準備にかからせろ」

「わかりました」

イクバルは、アーシュラムから出て行った。戸の隙間から、驚くほど濃い色をした青空がのぞいた。

「さて——」

松田速人は、五人の日本人に言った。「最後の勝負だ。片瀬直人に対する切り札を握れるかどうか。この戦いで、私の運命も決まる」

片瀬直人は、ハリドワールで政府軍に足止めされていた。

片瀬と静香は、何とか駐屯地までやってきたが、政府軍の兵士は、そこから先へは一歩も進ませようとしなかった。

片瀬は英語で兵士と交渉していた。

この身に何かあっても、決してインド政府や政府軍には迷惑をかけない。自分のことは自分で責任を持つ——彼は何度もそう言った。

片瀬は一刻も早くバクワン・タゴールの無事を確かめたかった。

彼はいら立った。

珍しく感情を露(あらわ)に片瀬は怒鳴った。

「これはシーク教徒のゲリラ活動なんかじゃないんだ。彼らは松田速人という日本人に、だまされ、操られているだけなんだ」

片瀬の後方に野営テントがあった。そこから声がした。「その興味深い話を詳しく聞こうじゃないか」

テントのなかからマスジット・シン少尉が現れた。

そのとなりには、シュア・ロディ准尉が立っていた。

バクワン・タゴールは、洞窟の上にある一枚岩のまえに五人の弟子を集めた。

老師はゆっくりと、男三名、女二名の若い修行者の顔を見わたした。

彼は言った。

「おまえたちの心配が手に取るようにわかる。精神の波動が乱れ、修行の妨げとなっている。シーク教徒が近づいているという噂(うわさ)が心配なのだろう」

「噂ではありません」

いちばん年長のナンディーが言った。「それは確実な情報です」

バクワン・タゴールはゆっくりと彼のほうを向いた。

「ナンディー、わしはおまえに約束をしておったな。動くべきときになったら、何をしたらいいか話す、と」

「はい」

「教えを乞おうとするとき、人はすでに正しいこたえを心のなかに持っているものだ。自分でそれに気づいていないだけなのだ。自分の心のなかを探ってみるがいい」

ナンディーは即座に言った。

「もちろん、私も考えました。このアーシュラムを離れ、気づかれぬようなところへ隠れているのがいちばんではないでしょうか」

バクワン・タゴールはうなずいた。

「それも正しい方法だ。しかし、今、われわれはここを離れることはできない」

弟子たちは顔を見合った。

ナンディーは尋ねた。

「なぜですか」

バクワン・タゴールは遠くを見るようにして言った。なつかしいものを思い出すときの表情だった。

「メディテーションをしているとき、ひとつの明るい意識が近づいてくるのを感じた。

われわれと真に心を通い合わせた人物が近くまでやってきている証拠だ。私にはそれが誰だかわかる」

「誰です」

「はるばる日本からやってきたのだ。日本で、われわれと同じ先祖の血脈を伝えているあの青年が――。私はここで、彼がやってくるのを待たねばならん」

「カタセが……。あのカタセがここへ向かっているのですか」

「まちがいはない。彼の意識が近づいてくればすぐわかる」

弟子たちはひそひそと言葉を交した。誰もが片瀬との再会を喜んでいる。

ナンディーは、尋ねた。

「カタセにまた会えることは、私たちにとっても大きな喜びです。しかし、彼が来るまえに、ここがシーク教徒たちに襲われたらどうします」

「約束だ。何をすべきか教えよう」

バクワン・タゴールは言った。「戦うのだ。しかし、それは自分の命を守るための戦いでなくてはならない。人を傷つけるための戦いは簡単だ。人を殺すための技術もそれほどむずかしくはない。いちばん難しいのは、人を殺さずに、なおかつ、自分も生き残る方法だ。私は、そのために、拳法を教えてきた。そういう戦いが、おまえたちにもできるはずだ」

弟子たちは、不安げに師の顔を見上げた。

老師は言った。

「それゆえ、あのゴータマ・シッダルタもこの拳法を学んだのだ。それが、アルハットの拳法なのだ」


シーク教徒たちは、正式の軍事教練を受けていたわけではなかったので、日中の行軍で疲れ果てていた。

日が暮れるころには、歩けなくなる者まで出始める始末だった。

イクバルはやむを得ず、野営することにした。

そこは山道の途中で地面は石だらけだった。平坦な寝心地のいい場所などまったくなかった。しかし、シーク教徒たちは、横になるとすぐに眠りについた。

大きな岩の上に歩哨が立ったが、彼も疲れ果てて注意力が散漫になっていた。

そのあたりは、木も生えておらず、岩の上からは見透しがきいた。歩哨は、そのことに安心し岩の上にすわりこんだ。

小銃を肩に当てて、あたりの闇に気を配る。

下のほうから、仲間たちの寝息やいびきが聞こえてきた。

彼は、小声でぶつぶつと不平を言っていたが、そのうち、意識がゆっくりと遠のいていった。

彼はすわったままの姿勢で、ぐっすりと眠り込んでしまった。

どのくらい眠ったかわからなかった。

彼は固いもので肩をつつかれ、目を覚ました。

交代の歩哨が来たのだと思い、ゆっくりと振り返った。

彼は、目をこすった。

「やい、味方に銃を向けるなと、あれほど言われてるだろう」

「そう。われわれも、味方には銃を向けはしない」

そう言われて、歩哨のシーク教徒は闇をすかして銃を構えている男をよく見た。

彼は仰天して大声を上げようとした。しかし、うしろから別の男に口をふさがれてしまった。

彼らは政府軍の制服を着ていた。

歩哨は銃を取り上げられ、耳のうしろを殴られた。

彼は再び深い眠りに落ちた。

突然、あたりが昼間のように明るくなって、イクバルは飛び起きた。

それが照明弾であることにすぐ気づいた。

シーク教徒たちは、あわてふためいている。

「敵襲だ。落ち着け」

イクバルは叫んだ。

照明弾は地面に落ちて消えた。

シーク教徒たちは、四方の闇に向かって銃を構えた。

再び、二発目の照明弾が打ち上げられた。

シーク教徒たちは、その発射の炎めがけて一斉に発砲した。

しかし、敵の弾丸は、まったく別のところから飛来した。

あっという間に五名のシーク教徒が死傷して倒れた。

「銃を捨てろ」

闇のなかから声がした。「おまえたちは包囲されている」

シーク教徒たちは撃つのをやめていた。

彼らは、茫然(ぼうぜん)と周囲を見まわしていた。

頭上の岩の上から、坂の上の岩陰から、そして、地面のくぼみのなかから、シーク教徒のゲリラの数をはるかに上回る政府軍兵士が姿を現したのだった。

彼らは、今にも一斉射撃を浴びせようと銃を構えていた。

シーク教徒たちは残らず銃を捨てた。

再度照明弾が上がった。

イクバルは、岩の上でマスジット・シン少尉が笑っているのを、その明かりで見つけた。

「おかしいな」

シーク教徒たちを武装解除したシン少尉はかたわらにいた片瀬に言った。

「ランジート・シング——あなたの言う、マツダという男の姿が見えない」

片瀬は唇をかんだ。

「陽動作戦(ディバージョナリー・アクティヴィティー)だったんだ……」

「何のことだね……」

「松田速人と彼の手下たちは、別行動を取っていたんです。シーク教徒たちは、われわれの眼を引くための囮(おとり)だったんですよ」

シンは言った。

「私たちの目的はここで達成された。今度は、私たちがあなたに礼をする番だ。上官に言って、ジープを一台出させよう。登れるところまで、車で送らせることにする」

少尉は片瀬の返事を待たず、駆けて行った。

バクワン・タゴールと五人の弟子たちは、自分たちの洞窟に近づく影を、はるか上方れた。

の岩陰から見つめていた。

あたりは照明もなく、真っ暗闇だったが、彼らの眼には、すべてのことがよく見てとれた。

彼らは、洞窟に近づく影たちもまったく闇を苦にしていないのに気づいた。

しかも、その男たちは、足音を立てずに素早く行動している。

「シーク教徒じゃない」

弟子のひとりが小声で言った。「シーク教徒のゲリラにあんなまねができるはずがない」

バクワン・タゴールが言った。

「そう……。彼らははるかにおそろしい敵だ。決してあなどってはならない」

「私は自信がありません」

ナンディーが言った。「彼らの力量が、私たちをはるかに上回っていたらどうしましょう。私は殺すか殺されるかの戦いを強いられるでしょう」

バクワン・タゴールは首を横に振った。

「おまえたちは、生き延びることだけを考えなさい。おまえたちの体を流れているのは尊い先祖の血なのだ。死を賭けた戦いなど、決してやってはいけない」

洞窟に入っていった男たちは、すぐに出てきた。

バクワン・タゴールと弟子たちはその様子を息を殺して見つめていた。

突然、岩の上から鋭い呼気の音が聞こえた。

ふたりの男が飛び降りてきて、ひとことも発さずに、タゴールたちに襲いかかった。

弟子たちは驚き、四方に散った。

松田速人の手下たちは二手に分かれていた。

三人が洞窟を調べに行き、残りのふたりは、密かに山を登ってきたのだった。

岩の上から現れた男たちは迷わずバクワン・タゴールめがけて駆け寄ってきた。

ナンディーと、もうひとりの男の弟子がそれに気づいて駆けもどった。

松田速人の手下たちは、ナンディーたちのほうに向き直り、矢継ぎ早に拳と蹴りを発した。

バクワン・タゴールの弟子たちは、彼らの攻撃が、ことごとく眼や喉、金的といった急所を狙っていることに気づいた。

ナンディーともうひとりの弟子は、そのおそろしい突きや蹴りを、払い、かわすのがやっとだった。

手で受ければ、相手の貫き手が手の皮膚を裂いた。

相手を投げようと、片手をつかめば、逆に突きや、頭突き、蹴りなどが襲ってくる。

敵は、足の甲を踏みつけ、膝の皿を蹴り、大腿部の脇を蹴り、ありとあらゆる苦痛を与えようとしていた。

洞窟のまえにいた三人が物音を聞いて駆けつけてきた。

ふたりの女を守っていた、残るひとりの弟子がそれを見て飛び出した。

一対三ではあまりに危険だった。だが、彼はそうせずにいられなかった。

三人は正面から駆けてきた。

中央の男が、地を蹴った。

タゴールの弟子は、それに気を取られた。

彼は、飛び蹴りを避けようと、顔面をふせぎ、身をかがめた。そして、敵が着地する瞬間に反撃しようとした。

しかし、中央の男は軽々と彼の頭上を飛び越えて行った。

次の瞬間、彼は、左側の男に足をすくわれた。倒れるところを迎えうつように頭を蹴り上げられる。

彼は、目のまえが一瞬まばゆく光り、腰から下の力が抜けていくのを感じた。彼は大地に倒れていた。

ナンディーは、女たちの悲鳴を聞いた。

洞窟のほうからやってきた三人は、女の弟子たちをつかまえていた。

男のひとりは、片方の女の乳房をわしづかみにしていた。それを引きちぎろうとしているのだ。

ふたりの男で、残るひとりの女を地面に押さえつけていた。

彼らは、その女の衣服を裂き、足を大きく開かせていた。男のひとりが貫き手をかまえ、その両脚の間を狙っていた。

「子宮を引きずり出してやる」

男は、日本語でわめいていた。

ナンディーは、その言葉を理解しなかったが、何をしようとしているかはわかった。

女たちを助けようとしたが、相手をしている男は手ごわく、身動きが取れない。気を抜けば、自分の命も危ないのだ。

ナンディーが女たちのほうに注意を向けたのはほんの一瞬だった。

しかし、その隙を見逃す相手ではなかった。

左右の貫き手が続けざまに顔面を襲ってきた。ナンディーは思わずうしろへさがろうとした。その踵を相手の足で引っかけられてしまった。ナンディーは転倒した。

相手は、ナンディーの肩を踏みつけて押さえた。貫き手が彼の体の柔らかな部分を引き裂こうと狙っている。

そのとき、突然、敵は額をおさえてのけぞった。

ナンディーは夢中で跳ね起き、相手の鳩尾（みぞおち）に正拳を打ち込んだ。相手の動きが止まった。そこでナンディーは、相手の両腕のつけ根を点穴（てんけつ）した。

敵は不安の叫びを洩らした。両手がしびれてしまったのだった。ナンディーは茫然としてしまった相手の肩に手をかけ、くるりとうしろを向かせた。彼は、男のうなじを強く点穴した。

敵はびくりと身をふるわせると、地面に崩れ落ちた。

ナンディーは、敵を一瞬ひるませたのは何だろうと、あたりを見回した。

彼は、バクワン・タゴールが、右手を胸のあたりにかかげているのを見た。その親指が小さな石をはじいた。

石は、驚くほどのスピードで飛び、正確に敵の額や眉間に命中した。

石つぶてだけで、形勢は逆転していた。

敵はすでにふたり倒されていた。

女たちを襲っていた三人は、バクワン・タゴールの石つぶてを受け、眉間をおさえうめいている。

そこへ、ナンディーともうひとりの弟子が駆けつけた。

彼らは、三人を、素早く点穴技で倒した。

眉間の急所に突然激しい痛みを感じ、その理由もわからずパニックに陥っていた三人の敵は、いとも簡単にナンディーたちの技にかかった。

ナンディーたちは、倒れていた仲間のひとりに肩を貸した。

男三名女二名の弟子は、バクワン・タゴールのもとに集まった。

バクワン・タゴールは弟子たちがみな、たいしたけがをしていないのに満足した。

ふと彼は顔を上げた。闇をすかし見ている。

そこに、松田速人が現れた。

バクワン・タゴールは、一目でその男が、今までの男たちと格が違うことを悟った。

「さがっていなさい」

バクワン・タゴールが言った。

「いえ、私たちも手伝います。味方の人数は多いほうがいいでしょう」

ナンディーが言った。

「いかん。あの男は一撃でおまえたちを殺すだろう。絶対に近づいてはいかん」

松田速人はゆっくりと近づいてきた。

彼は立ち止まると、周囲に倒れている手下たちをゆっくりと見回した。

バクワン・タゴールは、弟子たちに再度囁(ささや)いた。

「さあ、もっとさがっていなさい。危険だ」

松田速人は再び歩き出し、バクワン・タゴールから約三メートル離れた位置で止まった。

バクワン・タゴールは、わずかに右肩を引いた。両手はだらりと下げたままだった。

彼は、その男が、三メートルの距離を一気に詰めて技を出せることを読んでいた。

おそろしく遠い間合いだった。だが、それが松田速人の間合いなのだ。

ふたりは、対峙した。

松田速人は不気味な呼気の音を響かせた。

19

バクワン・タゴールと松田速人は、向かい合ったまま動かなかった。

弟子たちは息を呑んで見守っていた。

バクワン・タゴールは、相手のほうが自分よりはるかに広い間合いを持っていることを見て取っていた。

一歩踏み出せば、松田はタゴールに必殺の技を放つだろう。

だが、タゴールはじっとしているわけではなかった。

彼は、ミリ単位で間合いをつめているのだ。

どんな対戦でも、動きが止まったほうが不利になる。静止しているように見えても、必ず達人は動き続けている。たとえ、その身は止まっていても、心のなかでは、厳しい攻防を繰り広げているものなのだ。

バクワン・タゴールの左足の先が、ほんのわずか、松田速人の間合いの臨界を越えた。

その瞬間に松田速人の足が地をすべった。

てのひらが、すさまじい速さでバクワン・タゴールの顔面へ飛ぶ。

松田速人の体は、『発勁』のためにぶるぶると震えていた。

弟子たちの眼には、ふたりの体が重なり合ったようにしか見えなかった。

しかし、その、ほんの一瞬にいくつもの高度な技が応酬されていた。

バクワン・タゴールの顔面を狙った松田速人の掌底は、残像を突いたに過ぎなかった。

すぐさま、松田は逆の手で拳を出した。その手にからみつくように、バクワン・タゴールの腕が伸びた。

相手が並の人間なら、そこで大きく投げ出されていたはずだった。

しかし、バクワン・タゴールの手が巻きつき、逆関節に取ろうとした瞬間に、松田速人は、その腕に強力な『勁』を送った。

バクワン・タゴールの手首が逆にくじかれていた。

老師は、ざっと後退した。

松田速人は、素早く蹴りを出し、バクワン・タゴールの膝を砕こうとした。

バクワン・タゴールはさらに小さく後方へステップし、蹴りをやりすごす。松田速人の足が着地する瞬間に、その足に低い回し蹴りを放つ。膝の脇にあるツボを狙ったのだった。

そこに決まれば、脚全体がしびれ、しばらくは動けなくなる。

しかし、松田速人の足は地面には降りず、そのまま翻ってバクワン・タゴールのあばらへ飛んできた。

その蹴りは、再びやせた老人の残像のなかを通り過ぎた。

バクワン・タゴールは、蹴りをかわしたことで、松田速人の死角に入ることができた。

彼は、松田速人の首に手を伸ばした。そこにある『穴』を点撃すれば、どんなに鍛えた人間も昏倒(こんとう)する。

その手が止まった。

松田速人の手下のひとりが意識を取りもどしていたのだった。その男は、突然、バクワン・タゴールの両足にタックルをかけた。

松田速人は、バクワン・タゴールの手を取った。

それはさきほどくじいてしまった手首だった。

彼は、その手を完全に外してしまった。関節の外れるいやな音が響く。

そのままバクワン・タゴールの手首をにぎり、腰をかけて巻き込んだ。

枯れ木のような体は軽々と宙にはね上げられた。

松田は、受け身が取れぬように、タゴールの体が地面に叩きつけられるまで手を放さなかった。

大地に転がったバクワン・タゴールの肋骨(ろっこつ)を踏みおろそうと、松田速人が足を上げた。

弟子たちは飛び出そうとした。

そのとき、松田速人は、すさまじい衝撃を背に受けた。

彼はバランスを崩して転倒していた。

誰(だれ)かが体当たりをしてきたのだと悟った。あわてて立ち上がって、彼は目を見開いた。

「なぜだ……」

彼はつぶやいていた。

そこに片瀬直人の姿があった。

水島静香がバクワン・タゴールを助け起こしていた。そこへ五人の弟子が駆け寄った。

片瀬は言った。

「あなただけは許せない。この手で葬り去ってやらなければ気が済まない」

松田速人の手下が、ふたり、三人と起き上がった。

彼らは、片瀬に立ち向かって行った。

片瀬は松田速人だけを見つめていた。彼は、手下のほうも見ずに、裏拳を、そして足刀を発した。

眼にも留まらぬその手足は、松田の手下たちの顎(あご)やあばらを一撃で砕き、あっさりと眠らせてしまった。

　それを見たタゴールが英語で話しかけた。

「いかん、カタセ。あなたは今、怒りの虜になっている」

「この男は、この松田速人はそれだけのことをしたのです」

「マツダ……」

「そう。この男は、アフラ・マツダの名を尊ぶ日本の一族の裏切り者なのです」

「以前、私が話した拝火教徒の末裔だね」

「そうです。この男は、その一族の誇りを汚しました。そして、日本政府を裏で操ろうとしたのです。この松田速人は策謀を巡らし、僕を抹殺するために、師・タゴールを人質にしようとしたのです」

「そうだったのか」

「僕は許すことができません。この男は日本の政府と密約を交したり、金でシーク教徒を動かしたりしました。そのために、多くの人が犠牲となったのです」

「だからといってあなたの拳法で彼を殺すことを見過ごしにはできない」

「しかし、先生……」

「あなたがもしその手で、その男を殺したら、あなたは、尊い聖拳の伝説に自らピリオドを打つことになるのだ。あの、ゴータマ・シッダルタさえ尊んだ聖拳の系譜に、だ」

片瀬は無言で松田速人を睨(にら)みすえていた。

松田は、なぜ目のまえに片瀬直人がいるのか、どうしても理解できずにいた。

バクワン・タゴールはさらに言った。

「あなたならわかるはずだ。カタセ。あなたなら……」

片瀬は、松田速人から眼を離さぬままバクワン・タゴールに言った。いつもの冷静な声にもどっていた。

「あなたの言うとおりです、師(グル)・タゴール。僕は怒りだけに心を奪われ、ほかのものを見忘れていました」

片瀬は松田速人を見つめたまま、水島静香に手を差し出した。「宝剣を……」

静香は、荷のなかから、五十センチばかりの細長い包みを取り出した。布の包みを解くと、『葛野連(かどののむらじ)の宝剣』が現れた。

両刃の剣だった。鉄製だが、刃は鈍く本来の剣の役目は果たさない。

静香は宝剣を片瀬に手わたした。

片瀬はタゴールに英語で言った。

「あなたの言うことは充分に理解しました。しかし、師(グル)・タゴール、僕はこの男と決着をつけねばなりません」

片瀬は、バクワン・タゴール一行のそばをはなれ、松田速人と向かい合った。

彼は、地面に『葛野連の宝剣』を突き立てた。

「さあ」

片瀬は日本語に切り替えて言った。「欲しければ、この僕を葬って持って行くがいい」

松田速人は立ち尽くしていた。

「なぜだ……」

彼はまた同じつぶやきをもらした。「なぜおまえがここに……」

「わからないのか。おまえの計画はすべて潰え去った。今後、おまえと手を組もうとする政府関係者は現れないだろう」

松田速人はようやく何が起こったかを理解した。

「なぜだ……。すべてはうまくいっていたはずだ。どうして首相はおまえの側に寝返ったのだ」

「政府も手が出せない力が動いた」

このひとことは、松田速人に絶望をもたらした。

片瀬はさらに言った。

「ハフムシは、啓元斎自らの手で処分された。おまえの策略はすでに終わったのだ」

松田速人は、うつむいていた。彼は、やがて低いうなり声を発し始めた。

かっと顔を上げると、彼は叫んだ。

「おまえにわかるか、この俺の気持ちが。山のなかで生き続け、決して表舞台へ出られない真津田の下っ端の気持ちが。俺はそれを、そのいまわしい血の呪縛を解き放とうとしたのだ。この俺の一生をかけて――」

彼は、地を蹴った。

片瀬との距離は約二メートル。松田速人が絶対の自信を持てる間合いだ。

松田の体は瞬時に移動していた。彼は、左右の人指一本拳を、片瀬の正中線におそろしいスピードで打ち込んでいった。

一秒間に十本以上の突きが打ち込まれていた。

片瀬はほとんど動いていないように見えた。

彼は松田速人の拳の間合いのなかにいる。しかし、松田速人の拳は、まったく片瀬には触れなかった。

片瀬は、親指、人差指、中指の三本を鳥のくちばしのように固く合わせ、その先端を振り降ろした。ピッケルを突き立てるように強力な拳だ。空手では鷲手、中国武術では蟷螂手と呼ばれている。

松田速人の体は鍛え上げられている。指による点穴では思うような効果は得られないおそれがあった。片瀬は、その強力な拳で点穴をしようというのだ。

松田速人は、辛うじて片瀬の右の鷲手をかわした。

かわした瞬間がチャンスだ。かわしてから攻撃に転ずることができるか否かで、格闘技の力量は測れる。

松田速人は、すぐさま、片瀬の顔面に、人指一本拳を見舞った。片瀬の体は円を描いてそれをかわした。

片瀬の体がすっと離れた。

松田速人は、構えなおした。

ふたりは再び向き合った。

松田速人は汗を流していた。彼は次の一瞬で勝負を決めようと考えていた。

彼は飛び出した。片瀬の両眼と、膝を同時に狙う。

その突きと蹴りは、片瀬のなかを素通りするように見えた。完全に見切られているのだ。

片瀬の鷲手が、松田速人の右肩を襲った。三本指の楔(くさび)が麻穴に打ち込まれる。右腕がしびれて動かなくなる。

松田速人はこの瞬間を待っていた。自分の右腕を囮(おとり)にしたのだ。

彼は素早く腰を沈め、左手を突き出した。

片瀬の脇腹にその手が触れた。

松田速人は、そこで渾身(こんしん)の力を込めて発勁を行った。つま先から、左手まで、激しい震動が伝わる。

片瀬の体はくの字に曲がった。

そのまま、彼は三メートルほどはじき飛ばされた。

片瀬は地面に叩きつけられ、さらに二度、三度転がった。衝撃のすさまじさを物語っていた。

片瀬はうつぶせに倒れたまま、動かなかった。

「片瀬さん」

水島静香が駆け寄った。

松田速人は、左腕を伸ばし、右脚をぴんと張っている。発勁をほどこした瞬間の状態のまま、動かなかった。彼の顔から、汗がしたたり落ちていた。

やがて彼は片膝をついた。肩で大きく息をしている。

彼は言った。

「何が荒服部の拳法だ」

松田速人は、苦労して立ち上がる。「そんなものは……所詮(しょせん)……護身術に毛が生えたに過ぎん。俺の……俺の拳法のまえには、そのざまだ」

彼はよろよろと歩き出した。

発勁という技法は、体のありとあらゆる関節を使い、力を増幅させていくものだ。体のなかに波を起こす技術と言っていい。

松田速人は、短時間のうちに、あまりに大きな波をうねらせていた。そのために、彼の関節や筋肉は、限界近くまできしんでいた。

彼はようやく『葛野連の宝剣』のところまでたどりついた。

松田速人にとっても一か八かの一撃だったのだ。

「俺は、この腕と……頭脳と……この宝剣で……、皇室だって味方につけてみせる」

彼は、地面に立っている宝剣に手を伸ばそうとした。

その手が止まった。彼は、唖然として、立ち尽くした。

片瀬が動いた。

その体がゆっくりと持ち上がる。

片瀬直人は立ち上がり、松田速人のほうを向いた。

「ばかな……」

松田速人は亡霊を見たように、つぶやいた。

「あの一撃を食らって生きているはずがない」

片瀬は鋭く松田速人を見返していた。

彼は、自分を支えている水島静香に囁いた。

「奇跡を信じるか」

「あなたが起こすと言うんだったら……」

片瀬は静香の肩に手をかけ、そっと押した。

「離れていてくれ」

静香は、バクワン・タゴールのそばにもどった。

片瀬はひっそりと立っていた。

隙だらけと言ってよかった。もはや、彼は戦いのかけひきなど考えていないようだった。

松田速人は、ゆっくりと構えをとった。

ふたりはそのまま、睨み合っていた。

バクワン・タゴールが、かっと目を見開いた。

彼は弟子たちに言った。

「よく見ておきなさい。一生のうち、もう二度と見られぬことが起こるかもしれない」

弟子たちは師の言葉に驚き、対峙するふたりにあらためて注目した。

片瀬は、敵に正面を向けている。これはまったく無防備な姿勢だ。敵に相対するときは、急所の集まる正中線をそらし、また、攻撃をよりさばきやすくするため、必ず半身になっていなくてはならないのだ。

松田速人は、しびれて使いものにならなくなっている右腕を前に半身になっている。

再び左手による発勁を見舞おうというのだ。

松田速人は、片瀬がもはや動く余力がないものと読んだ。しかし、彼自身もさきほどの一撃で激しく消耗していた。

松田速人は、今度の一撃に賭けた。

じりじりと間をつめていく。片瀬直人は両手を下げ、棒立ちのままだった。

松田速人は、自分の拳の速さを冷静に判断した。彼は、かわされもせず受けられもしない距離まで近づいた。片瀬はうしろへさがりもしない。棒立ちの状態から起勢して攻撃してくるには時間がかかる。もし、片瀬が動けば、松田速人はすぐさま打ち込むつもりだった。

片瀬は変わらず不動だった。

松田速人は、勝利を確信した。

滑るように足を踏み出す。

引きしぼった弓から矢が発するように、左手が伸びた。

その掌底が片瀬の頭に触れる。まるで立ち木に向かっているようだった。

松田速人は鋭く勁を発した。全身を波うつように震わせる。

その衝撃波は、片瀬の頭蓋骨を素通りして脳を破壊するはずだった。

さらに、その頭をはじき飛ばし、片瀬を地面に叩きつけるだけの破壊力は充分にあった。

しかし、片瀬は、大木のようにひっそりと立っているだけだった。

松田速人は、よろよろと後退した。

何が起こったのか彼にはわからなかった。

松田速人は、体勢を立て直し、さきほど強力な一撃を見舞った脇腹めがけて、再度、発勁を行った。

片瀬の体はわずかにゆらいだだけだった。

松田速人の節々は、すでに限界を超えていた。

しかし、彼はやみくもに、もう一度左手を突き出し勁を発した。

片瀬は動かない。

松田速人の筋肉は、あちらこちらで裂傷し、関節包のいくつかは破れてしまった。靭帯の多くも伸びきったり、切れたりしていた。

松田速人は地面に崩れ落ち、全身の激しい苦痛に身をよじり、声を上げた。

片瀬はゆっくり歩き出し、宝剣のところへ行った。彼は、宝剣を引き抜き、しっかりと握った。

「いったい、何が起こったのです」

ナンディーがバクワン・タゴールに尋ねた。

「マツダという男は、おそろしい破壊力をもつ技を使った。体のしなりを利用して、大きな波動を作り出す技法だ。一度カタセが突き飛ばされたのを見ただろう。あの勢いでその技法の威力がわかったはずだ」

「しかし、二度めからは、カタセはびくともしませんでした」

「カタセは、マツダが作り出した波動を呑み込んでしまったのだ。波動を作る技法を彼も行った。しかし、それは受けた衝撃を消し去るためだった」

「そんなことが――。そんなことが可能なのでしょうか」

バクワン・タゴールは合掌した。

「この私にも到達できない極意だ。あの境地に至れる者はカタセをおいていないだろう。彼は究極の拳法を得た。何人(なにびと)も彼を倒すことはできない」

弟子たちも師にならって、合掌していた。

静香が駆け寄って肩を貸した。

片瀬はタゴールたちに言った。

「松田速人の弟子たちに解穴法をほどこしてやってください」

解穴法というのは、点穴によって受けたダメージを回復させる技法だ。点穴を学ぶ者は、必ずこの解穴法も学ばねばならない。

「彼らをどうするつもりかな」

「好きにさせてやってください。松田速人はもう行くところがないのです。警察は彼を、脱獄事件の主犯として追っているのです。銀行には莫大な負債もあります。さらに、彼の同族の者が、彼を裏切り者として断罪しようと日本で待ちうけているのです」

バクワン・タゴールはうなずいた。

片瀬は、地面で胎児のように丸くなっている松田速人を見てもう一度言った。

「彼にはもう行くところがないのです」

20

「陣内くん、ちょっと来てくれたまえ」

机上のインターホンから、石倉室長の声が聞こえた。

陣内平吉は大儀そうに立ち上がると、室長室へ向かった。

デスクのまわりにいる何人かが、こっそりと笑ったのに陣内は気づいた。室長の呼び出しは、新しいセレモニーのひとつになりつつあった。

「お呼びでしょうか」

陣内は部屋に入りドアを閉めた。

「総理の一件の報告書だがね。どうも納得がいかん」

「そうですか」

「補足説明をしてくれるかね」

「私が知っている事実は、その報告書に書かれていることがすべてですよ。それ以上のことがお知りになりたいのでしたら、下条危機管理対策室長にお訊きになったらいかがです」

「そんなことができるものか、むこうは首相秘書官だぞ」

「できますとも。こちらだって内閣情報室長じゃないですか」

石倉は溜め息をついた。

「つまりそういうことか。私が知っておくべき事実はこの程度で充分だということなのか」

(それを理解しているなら、これから先もその椅子にすわっていられるでしょうね)

陣内は心のなかでつぶやいていた。

彼は言った。

「とんでもない。何度も申し上げますが、私が知り得た情報も、それですべてなのです」

「わかった」

石倉は、陣内と争うことをすでにあきらめ始めていた。「もういいよ。席にもどってくれ」

陣内は頭を下げながら、心のなかで舌を出していた。

「何だって、山に入る？　どういうことだ」

松永が驚いた顔で片瀬を見つめた。

松永のマンションに、片瀬直人、水島静香、松田啓元斎、そして松田春菜が顔をそろえていた。

片瀬は言った。

「山のなかの乱れを鎮めるため、啓元斎さんと同行することにしました。アパートも引き払います」

「彼女はどうするんだ」

松永は水島静香を指して言った。

「私もいっしょに行きます」

「何だって……」

「私たちは、学校もやめます。私は水島の家を出ることに決めました。片瀬さんと山へ入るのです」

「ご両親が黙っているとは思えないな」

「だいじょうぶです。誰が何を言ってこようと……。私はもう決めたのです。母はもうこのことを知っています」

「いつ行くんだ」

松永は片瀬に尋ねた。

「なるべく早いうちに……。たぶん今月中には……」

「ふん。みんな行っちまうがいいさ」

松永は言った。「俺は都会(まち)っ子だ。山なんぞにゃ住めない。ここで、また気ままなひとり暮らしだ」

「残念でした」

春菜が松永に言った。「気ままな暮らしなんてさせるもんですか」

「え……」

「私は街に残るのよ。私はあくまでも連絡役(ツナギ)ですからね」

松永の表情を見て、水島静香が笑い出した。

「松永さんて、いつからそんなに正直になったのかしら」

「なんだ……」

「すごく嬉(うれ)しそう」

「ばか言うんじゃない」

松永はぶつぶつとつぶやいた。「俺も山へ逃げたほうがよさそうだ」

やがて山の雪も融(と)けて、木々が芽をいっせいにつけ始めた。

荒服部の直人は、啓元斎とともに生きいきと山を駆け回った。

山に生きる誇り高い人々は、いつしか平穏な生活を取りもどしていた。

松田速人は二度と荒服部の直人のまえに姿を見せなかった。

ある日、外務省、および通信社に、インド発のニュースが入った。日本人旅行者らしい六名の一行が、シーク教徒のテロ事件に巻き込まれて死亡したということだった。彼ら六名の身もとはまったくわからなかった。

松永丈太郎は、時折、松田春菜から直人と静香の様子を聞いた。

そんな日、ふたりは、夜がふけるのも忘れ、荒服部と聖拳の伝説について語り合うのだった。

激突(げきとつ)　聖拳伝説(せいけんでんせつ)3

朝日文庫

2023年6月30日　第1刷発行

著　者　今野(こんの)　敏(びん)

発行者　宇都宮健太朗
発行所　朝日新聞出版
〒104-8011　東京都中央区築地5-3-2
電話　03-5541-8832(編集)
03-5540-7793(販売)
印刷製本　大日本印刷株式会社

Published in Japan by Asahi Shimbun Publications Inc.
定価はカバーに表示してあります

ISBN978-4-02-265105-1

落丁・乱丁の場合は弊社業務部(電話 03-5540-7800)へご連絡ください。

送料弊社負担にてお取り替えいたします。

今野 敏
降臨
聖拳伝説1

日本支配をめぐる闇の権力闘争に、古代インドを源流とする超絶の秘拳が挑む！ 真・格闘技冒険活劇の名作が新装版として復活。

今野 敏
襲来
聖拳伝説2

姿なきテロリストの脅威に高まる社会不安。テロの背後に蠢く邪悪な拳法の使い手とは？ 究極のパニックサスペンス！ シリーズ新装版第二弾。

今野 敏
TOKAGE（トカゲ）
特殊遊撃捜査隊

大手銀行の行員が誘拐され、身代金一〇億円が要求された。警視庁捜査一課の覆面バイク部隊「トカゲ」が事件に挑む。《解説・香山二三郎》

今野 敏
天網
TOKAGE（トカゲ）2 特殊遊撃捜査隊

首都圏の高速バスが次々と強奪される前代未聞の事態が発生。警視庁の特殊捜査部隊が再び招集され、深夜の追跡が始まる。シリーズ第二弾。

今野 敏
連写
TOKAGE（トカゲ） 特殊遊撃捜査隊

バイクを利用した強盗が連続発生。警視庁の覆面捜査チーム「トカゲ」が出動するが、なぜか犯人の糸口が見つからない……。《解説・細谷正充》

今野 敏
精鋭

新人警察官の柿田亮は、特殊急襲部隊「SAT」の隊員を目指す！ 優れた警察小説であり、青春小説・成長物語でもある著者の新境地。